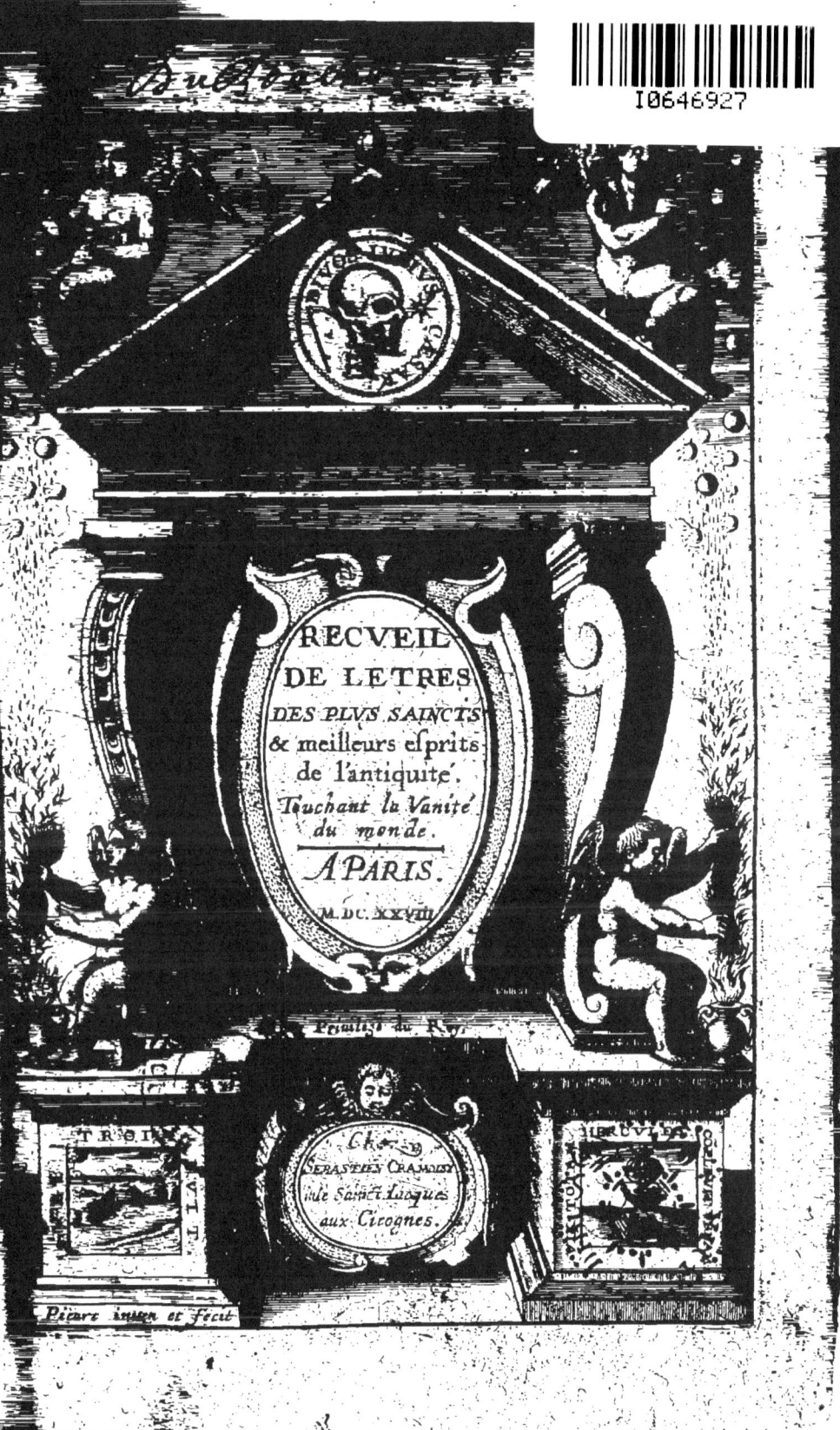

RECVEIL
DE LETRES
DES PLVS SAINCTS
& meilleurs esprits
de l'antiquité.
Touchant la Vanité
du monde.
A PARIS.
M.DC.XXVIII.

Chez
SEBASTIEN CRAMOISY
rue Sainct Iacques
aux Cicognes.

AV REVEREND PERE,
LE REVEREND PERE
PHILIPPES
EMMANVEL
DE GONDY,
de l'Oratoire de IESVS

ON REVEREND
PERE,

Le coup que vous auez donné au monde l'a tellement
estonné, que les plus foibles le

a ij

peuuent maintenant attaquer,
puis que toute sorte de com-
battans sont trop forts pour vn
ennemy vaincu. C'est la raison
qui a fait que ie me suis hazar-
dé de le combattre, encore que
mes forces ne me puissent promettre de grandes victoires;
mais aussi me donnent-elles af-
seurance qu'il n'en pourra tirer
de la gloire. Outre que pour
chastier vn orgueilleux les plus
foibles armes sont estimées les
meilleures. Ie n'ay besoin que
du congé que ie vous demande, de les employer souz vostre
nom, contre vn ennemy commun.

Ie commence donc par ce
qui me donne de l'aduantage,

qui eſt ce qui vous touche,
MON REVEREND PERE, &
en quoy il s'eſt declaré ennemy
formé de IESVS-CHRIST,
veu que s'il n'eſtoit tel, il ne ſe
tiendroit iamais offenſé de ce
qui ſe fait à ſon exemple, & ne
ſe plaindroit pas de vous voir
dans l'exercice de ſa doctrine :
Eſtãt vray que vous n'auez rien
entrepris que pour obeyr à ſa
parole, & pour marcher ſur des
pas qui ſe doiuent adorer : tellement que ſa plainte venant là
deſſus, le rend coulpable d'impieté, & nous met en main vne
forte piece de condemnation
contre luy. Et à vray dire, c'eſt
eſtre grand partiſan du vice,
que de ne pouuoir fauoriſer

Le monde impie, dangereux, & qui ne ſubſiſte que par la malice.

a iij

vne seule action de celles qui
nous sont sainctement inspi-
rées, de combattre toute sorte
de pieté, quelque apparente
qu'elle puisse estre, & soustenir
le mal iusques à son dernier
point. Ce sont les preuues d'v-
ne malice entiere, & d'vne corruption tellement generale,
que l'air le plus enuenimé des
pays, où on dit que l'enfer est
sur la terre, est moins à craindre pour les corps, que celuy-là
pour les esprits. Ce qui me fait
croire, que qui s'y tient sans
contrainte, aime vn danger
euident, & fait election de la
plus mauuaise demeure qu'il
puisse choisir pour la santé de
son ame. Mais comment ne se-

roit-elle pas dangereuse, puis que Satan en est le maistre, & que c'est luy qu'on y reconnoit pour souuerain? qu'il en fait les loix, & défait celles de Dieu? Que peut-on attendre de ce prince des damnez, à qui la vertu sert de supplice, & le vice de bon-heur, que la perte du salut? Mais pour reconnoistre iusques où s'estend sa tyrannie, il ne faut qu'vne petite remarque sensible, & ietter les yeux sur ceux qui viuent le plus innocemment dans le monde. Ie croy que se sont les gens de trauail, dont les neuf parts (les dix faisant le tout) ne subsistent que par l'occasion du déreglement qui y regne. Qu'on oste la su-

Le mal regne en tous les estats du monde.

perfluité des habits, celle du viure, & du logement, il y aura
bien peu de perſonnes qui ne
demeurent ſans meſtier. Que
ſi nous conſiderons les condi-
tions plus releuées : les armes,
qui ſont les parties nobles du
Royaume , n'ont de merite
qu'autant que la violence de
ceux qui nous forcent, a d'iniuſtice. Faites que chacun demeure dans la bonne foy , & que
perſonne ne ſorte de ſes droicts,
que le monde ſe rende iuſtice,
leur fer demeure inutile. Et
quant aux Meſſieurs de la robbe, ils n'y trouueront pas meilleur employ, pourueu qu'on ſe
tienne dans ces termes : leurs
ſacs demeureront ſans pieces,

leur estude sans procez : & l'on
se morfondra aussi bien au Palais, qu'aux corps de garde.
Qu'on iuge maintenant si vn si
mauuais air peut estre l'element
de la pieté : & si ce n'est pas estre
ennemy de la vertu, ou ne l'aimer qu'en prison, que de la tenir si mal logée, la pouuant
mettre en meilleur lieu. Ie
pourrois presser cecy dauantage, mais mon dessein est de
combattre auec ordre, & de ne
m'arrester qu'à quatre chefs,
qui doiuent rendre le Monde
mesprisable à toute personne
de bon sens. Le premier sera la
Folie : le second sa Brutalité :
Et puis, pour croistre par de-
grez, sa Malice, & l'Inimitié

Quatre
chefs prin-
cipaux de
ce discours.

qu'il nous porte. J'apprehende, MON REVEREND PERE, que ce ne vous soit vn fort mauuais entretien. Mais puis que voftre zele fe porte à vouloir du bien à toute forte de perfonnes, mef-mès aux defpens de vos conten-temens, fouffrez, s'il vous plaift, que ie face les preuues que i'ay entreprifes, puis qu'elles peu-uent retirer d'vn grand abus, ceux qui s'y font laiffez fur-prendre.

I. Chef. Le monde fol. La folie vient de l'i-magination bleffée. Ie dis donc fans iniure, que le monde eft vn fol, qu'il eft changeant, & fans rai-fon : & que toute fa conduite n'eft que folie. Ce mal fe verra mieux dans fa caufe, que nous deuons reconnoiftre auec tous les Sages, eſtre l'imagination bleſſée: dautant que l'ame atta-chée au corps, ne reçoit altera-tion que par les organes qui ſer-uent au raiſonnement, qui luy venans à manquer, font qu'el-le demeure impuiſſante, & ſe trouue ſecretement liée, ſans auoir la liberté de ſes mouue-mens. Or l'imagination eſt cet-te piece dont l'ame s'ayde le plus en ſon diſcours, qui pour cet effect eſt la plus proche d'el-le, & partant la plus delicate, & comme demy ſpirituelle, & la plus aiſée à fauſſer. C'eſt chez elle que ſe garde le treſor des images que les obiects nous im-priment, leſquelles receuans du deſordre, font naiſtre toutes les

maladies dont l'esprit est agité:
& comme il n'y a que les figures
grotesques des nuës qui dérobent la beauté du iour, aussi n'y
a-il que les phantosmes, & les
impressions des sens qui trou-
blent nostre raison, & font ecli-
pser ses rayons. C'est pourquoy
tous les fols sont imaginatifs,
& s'occupent incessamment à
se forger des chimeres. Ie pense apres auoir establi ce fondement pouuoir conclure sans dispute, que si le monde se gouuerne par imaginations, il merite de passer pour fol, & d'e-
stre condamné à la marotte.
Or que son mal soit cetuy-cy,
c'est ce qui se iustifie par ce que
i'ay desia dit cy-dessus, & par la

preuue qui me reste à faire de sa
Brutalité, de laquelle suit ne-
cessairement qu'il doit estre
plein de phantosmes, dautant
que les phantosmes ne naissent
que du sentiment. Et partant
où il y aura plus de corps & de
sentiment, comme aux bestes,
il s'y trouuera plus de phantosmes. Ie ioins à cecy, que le monde se contente d'apparence, &
se repaist d'imaginations plus
que de verité. Vn mal habile
homme passe pour galand,
pourueu qu'il en ait la mine? le
plus meschant se fait prendre
pour hôme de bien, s'il sçait cacher son venin dessous vne belle peau. Et que sont-ce la plus-
part des ceremonies, des pre-

Le monde
se conduit
par imagi-
nations.

fceances, & des baifemains, que
des apparences fans effect , &
des phenomenes de Cour, qui
arreftent les yeux, & trompent
le iugement? Si l'on regarde de
prés vn Ambitieux, comment
peut-on nier qu'il n'ait beaucoup de l'humeur du freneti-
que ? puis qu'ils font efgale-
ment hors d'eux-mefmes. L'vn
perd le boire & le manger par
les accés de fon ambition , le
furieux par celuy de fa fieure
chaude; & l'vn & l'autre n'eft
pas exempt de refueries. Il n'en
eft point neantmoins de plus
forte , que quand vn homme
éueillé aime mieux eftre tenu
pour ce qu'il n'eft pas, que de l'e-
ftre, fans en auoir la reputation:

Ambitieux fols.

& quand l'ambitieux defire
d'eftre pluftoft creu homme
accommodé, que de l'eftre,
& n'eftre pas reconneu pour
tel : qui eft faire le mefme,
que s'il choififfoit vn tonneau
vuide pluftoft qu'vn plein, à
caufe que le vuide fait du bruit,
& l'autre eft fourd. Que diroit-
on d'vn malade qui penferoit
auoir mangé, pourueu qu'vn
autre vouluft le croire? Les Me-
decins luy ordonneroient des
boüillons, & ne le traiteroient
pas en homme raffis. Or c'eft le
mefme mal de quelques pauures ambitieux, qui fe laiffent
mourir de faim fans fe plaindre,
pourueu qu'on les tienne gens
de feftin, & ne voudroient pas

se traitter en particulier, &
qu'on eust mauuaise opinion
de leur table. Vn autre effect
d'imagination est, qu'il y a
quantité de choses qui donnent de la peine aux vns, &
rempliflent les autres de ioye,
& de plaisir, & le tout selon la
diuerse apprehension que nous
en auons. Mais l'empire de l'i-
magination ne finit pas là; tout

Auaricieux
fols.

le domaine de l'Auarice releue
d'elle. Les Auaritieux n'ont que
l'image de leur or, puis qu'ils
ne le touchent iamais. Ils n'en
possedent que le phantosme, &
encore n'en franchissent-ils les
especes que fort rarement; craignans de le monstrer au iour, &
faire veoir au Soleil son propre
ouurage,

oûurage , qui eſt comme s'ils
empeſchoient vn pere de regarder ſon enfant: ils ont ſi peur
de l'éuenter, qu'ils n'y touchent
que de la penſée, & ſe reſioüyſ-
ſent de poſſeder ce qui ne leur
doit iamais ſeruir. Et bien que
cette folie ſoit grande, ie ne l'eſ-
gale pas neantmoins à celle de
ceux qui en font eſtat comme
d'vne profonde ſageſſe , & iugent que celuy qui ne vit en ce
monde que pour nuire aux autres, & n'a plaiſir que d'empeſcher qu'on ne s'ayde honora-
blement du bien qu'il tient en
priſon deſſouz ſes clefs, eſt celuy qui a compris le ſecret de la
vie, & que les ſciences n'ont rien
de plus raffiné que ce point. En-

b

core cecy n'est qu'vn grain de
mauuaiſe humeur, à comparaiſon du deſordre de ceux qui
ont des opinions contraires,
non ſeulement à la raiſon, mais
meſmes aux ſentimens de nos
corps. Que peut-on ſe repreſenter de plus extrauagant que
ceux qui trompent leur gouſt
par opinion, & ſe perſuadent
que la rareté fait les bons mor-
ceaux. Vn Empereur qui ſe
ioüoit de ſa puiſſance, n'aymoit
rien au bord de la mer, que ce
qui n'y pouuoit viure, & au
milieu des campagnes ne man-
geoit rien qui ne fuſt peſché au
fond de la mer. Ne regneroit-
il pas dignement dans les petites maiſons auec cette frenaiſie?

Folie pour les plaiſirs de la bouche.

toutesfois de son temps il a
tenu le timõ de l'Empire. Souz
vn tel chef quels pouuoient
estre les membres ? Mais sans
parler de ces vieux Monar-
ques, & d'vn temps desia oublié, nous auons encores auiourd'huy des poissons dans nos
riuieres, que les riches ne mangent iamais bons, pour n'en
vouloir pas vser auec le peuple, qui en trouue quantité
quand ils sont à leur perfection.
Nous en voyons d'autres qui
n'ont autre goust pour de certaines viandes extraordinaires,
que celuy des autres friands.
Ils n'en mangent que par vanité, & pour faire croire qu'ils
ont le palais aussi vny que les

Folie pour les contentemens des oreilles & des yeux.

plus delicats. Nous n'impofons pas moins aux yeux, & aux oreilles qu'à la langue : la Mufique fe chantoit anciennement de la bouche, auiourd'huy le mouuement fe fait de la gorge, & pour imiter les oyfeaux, on s'eft laffé de chanter en homme. La lettre n'a pas moins changé que la notte : la cadence & la douceur des paroles donne de fi dures loix à la Poëfie, qu'au lieu d'vn diuertiffement à quoy elle auoit toufiours feruy, elle eft deuenuë le martyre des efprits. Le langage qui n'eft plus celuy de nos peres, tefmoigne prefque à chaque mot du changement. Toutes ces alterations font au-

tant de conuulsions d'esprit,
& de forts symptomes de folie. Ie n'ose parler des habits,
& beaucoup moins des cou-
leurs, dont les plus habiles
marchands ne peuuent retenir
le nombre; il n'y a plus de
mots pour les nommer parmy
les honnestes gens; on est contraint d'en forger de bizarres,
& d'en emprunter de l'occasion. Surquoy ie seray bien
ayse de faire sçauoir ce qui est
arriué depuis peu à vn homme
d'honneur, lequel estant de
retour d'vn voyage du Leuant,
& entendant parler de nouuelles couleurs, fut curieux de
s'en faire instruire par vn Mar-
chand, qui l'asseura que l'on

comptoit dans les boutiques iufques à foixante fortes de iaune, qui neantmoins n'eft qu'vne demie couleur. Or fi ce changement fe fait en vn petit accident dependant de la matiere, combien fera-il plus grand aux formes, qui font les caracteres de la difference? Nous défierons tantoft la nature, qui n'a rien de plus riche que la diuerfité des chofes particulieres fouz leurs efpeces, & dont iamais deux ne furent parfaitement femblables. Ie croy neantmoins que les modes des tailleurs l'emporteront quelque iour deffus elle. Qu'ainfi ne foit, ils ont defia épuifé le monde, & font cõtraints d'en chercher au

delà des Cieux, nommant Paradis ce qui seruira de chemin
d'Enfer à plusieurs: & propha-
nant le nom des Anges pour
habiller vne esclaue de Satan.
Si vous ioignez à cecy le prix
qu'on met aux belles choses,
l'estime s'en trouuera pleine de
folie, & seruira de preuue in-
faillible de nos mauuais iuge- Folie des
Curieux.
mens. L'on prise des pierres
pour estre vsées: des bosses, &
des peintures à cause que les
traicts en sont perdus, & encore que les rides, & les marques de la vieillesse ne puissent
plaire qu'à la mort, & que personne ne les regarde sans
frayeur sur des visages humains: Neantmoins l'on se

plaist à les veoir sur des images
qui ne ressemblent qu'à des
vmbres. La plus-part de nos
iugemens ne sont pas mieux
fondez que celuy-là. Auiour-
d'huy le prix est aux diamants,
demain aux perles, vn autre
iour aux broderies, ou aux
points-couppés. D'autres le
mettront aux fleurs, & aux an-
tiques. Quelquesfois la mesme
chose change si notablement
de valeur, pour vn peu d'opinion qu'on y apporte, qu'à
peine est-elle reconnoissable.
La beauté mesme du corps humain est estimée fort diuerse-
ment des hommes : les Indes,
l'Afrique, & l'Amerique, qui
font plus des trois quarts du

monde, ne prisent que les couleurs oliuaſtres, les yeux en-
foncez, & le nés camus, & parmy la plus part de leurs peuples, auoir de la barbe n'eſt pas
vn moindre defaut, que de
n'en auoir point parmy nous.
Ce diſcours de folie nous me-
neroit inſenſiblement dans des
penſées ridicules, & indignes
de voſtre entretien, MON
REVEREND PERE, il n'y a
que trop de ſuiet de nous arreſter ſur d'autres defauts
d'importance, & qui ne ſont
que trop ordinaires dans le
monde : ſi ce n'eſt que les larmes nous empeſchent de voir
des perſonnes qui ſont plus
d'eſtat d'vn honneur, & d'vn

plaiſir qui coule auec le temps,
que du bien de l'eternité? Eſt-
il de plus grande beſtiſe, & de
plus importante que celle qui
ruine vn homme pour iamais?

II. Chef.
Le monde
abbruty.Ie nomme beſtiſe la folie
qui ne s'attache qu'au preſent,
& ne ſort iamais des choſes
ſenſibles : dautant que les beſtes qui ſont tout corps, &
n'ont ſentiment qu'en preſence de leurs obiects, ne iugent
pas moins bien que ces hommes, qui ſont en ſens reprou-
ué. C'eſt pourquoy l'Euangile les fait compagnons de
table, & donne à manger
au Prodigue dans l'auge de ſon
troupeau : Or ce mal-heur ne
luy eſt pas particulier, puis

il n'est point de personne
au monde qui se releue au des-
us de luy, tandis qu'il obeyt à
des loix qui ne sont faites que
pour le corps. Ie me suis obligé à la preuue de cette verité,
dés l'entrée de mon discours,
ayant promis de faire veoir
que ceux qui viuent souz les
tyrannies du monde, sont ab-
brutis, & n'ont rien de plus
éleué que les animaux qui se
traisnent sur la terre. La de-
monstration n'en sera pas difficile. Car pour ce qui touche
la volupté, qui est le souuerain
bien de ce monde, elle est pour
tout ce qui a vie. Les plus ra-
uissantes delices n'ont rien qui
passe les sens, & dont les

moindres beftes ne foient plus
capables que les hommes. Il
n'eft point de fi bons fruicts,
ny de viandes fi exquifes dont
la nature ne donne du plaifir
aux vers : les moucherons trauaillent à la conferuation de
leur eftre, encore que la pour-
riture leur ferue d'vn germe
commun & fuffifant pour la
multiplication de leur efpece.
C'eft affez pour mon fubiet
de dire que les dernieres feli-
citez de ce monde, pour lef-
quelles tous les appetits des
hommes fenfuels fe reuoltent,
font tels, que pour en ioüyr
on n'a que faire d'ame raifonnable : celle d'vn bœuf ou d'vn
cheual eft meilleure que celle

d'vn homme : dautant que
toute leur force s'vnit pour le
sentiment, auec vne attention
plus serrée, qui ne reçoit point
de diuersion par le raisonne-
ment, comme il arriue à la
nostre, qui se dissippe : & de
plus estant creée pour quelque
chose de mieux, ne gouste pas
les contentemens qui sont au
dessouz d'elle, comme font les
bestes, paistries de chair & de
sang, & qui pour cette cause
ont plus d'accord auec ce qui
est dans le degré de leur nature. Qui ne void donc l'iniure
qui se fait à nostre raison, si
toutes les pensées des hommes
du monde s'arrestent au corps,
& à la masse? Ne sont-ce pas

gens à dégrader que ces esprits animaux , qui portent à faux tiltre le caractere de raisonnable? Cecy va contre les mondains , sans exception de personne, non pas mesmes de ceux qui semblent les plus dépris de la terre , & n'auoir de la passion que pour ce qui passe le sensible. I'ose entreprendre de monstrer ce defaut en tous les ordres des esprits , & ie pense apres cela , pouuoir soustenir ma these : que tous ceux qui viuent selon le monde sont brutaux.

Les esprits les plus releuez sont ceux qui produisent de plus grands effects, dont le genie se fait adorer des plus foi-

Les personnes les plus intelligētes du monde ne sont pas dans le degré des raisonnables. Iugemens des personnes d'affaires.

bles, & qui par la force de
leurs raifons enleuent tout ce
qu'ils attaquent. Leurs penfées
font fi profondes, qu'elles feruent de precipices aux plus
fins : ils fe ioüent dans les affaires qui accablent les autres, &
d'vne veuë en reconnoiffent
les caufes & les effects, & les
vont prendre dãs la fource, fans
qu'on leur en monftre le chemin. L'admiration ne doit pas
nous empefcher de les reconnoiftre. Qui regardera de prés
cette grande force, trouuera
qu'elle ne vife qu'à l'intereft,
& faire quantité d'affaires ; à
bien affeoir vne partie, à efloi-
gner vn voifin, à choifir vn
mariage, à pratiquer des amis,

à feruir leur paffion, à trouuer
leur compte en toutes chofes:
bref, à faire reüffir des deffeins
qui n'ont pour fin que le bien
d'vne carcaffe, & quelque accommodement periffable, qui
finit auec le corps. Il m'eft fouuent venu vne penfée, confi-
derant de fi bons efprits attachez à vne fi mauuaife occupation, qui me femble receua-
ble. Ie me reprefente donc vn
milan qui defploye fes aifles en
l'air, auec autant de maiefté,
que le paon fait fa queuë dans
vn iardin, dont il eft la plus
belle piece: fes tours & fes re-
tours font arondis auec vne iu-
fteffe admirable: il fe balance
les iours entiers deffus les nuës,

&vn

& vn Poëte diroit qu'il monte
si haut, qu'en fin il se cache
dans vn element transparent
au delà de la portée de nos
yeux: & iureroit que l'air prend
plaisir à le porter, & qu'il ne
luy veut pas mesme donner la
peine de battre des aisles, tant
il soustient son vol esgal. Que
peut-on veoir de plus glorieux
que cet aiglon ? qui n'en con-
noistroit la nature pourroit
penser qu'il fait la ronde pour
la conseruation de la terre, ou
la sentinelle pour la seureté du
Ciel. Et neantmoins, ô chose
indigne ! vne meschante gre-
nouille morte, vn poulet qui
pourit sur le fumier, vn pois-
son que l'eau emporte le ven-
e

tre en haut, l'arrache du fein
du Soleil, & le fait precipiter
fur cette infection. O monde
que le leurre de tes grands efprits eft petit! qu'il eft indigne
de leur vol, & que leur chaf-
fe eft honteufe! Vn arpent de
vigne, ou vn pré : vn moulin,
vn ruiffeau, vne mafure, font
le fubiet de leurs profondes
meditations, & de ces fortes
penfées qui les tiennent conti-
nuellement en ceruelle. Vn
Payen fe mocquant d'eux dans
fa Satyre, leur reprochoit vne
vanité mefprifable :

Soin des humains! que de creux,
que de vuide.

Soins, dif-ie, parfaittement
femblables aux ouurages des

lignées, qui ne pouuans arrester la veuë, arrestent neantmoins l'esprit des plus enten-
dus, qui ont bien de la peine
d'en comprendre l'artifice. A
veoir ces bestioles dessus la be-
songne, on croiroit qu'elles
trauaillent pour l'eternité : encore que le moindre vent se
ioue de leurs peines, & em-
brouille leurs fusées. Aussi à
veoir les desseins des hommes,
& comme quoy ils sont em-
peschez pour les faire reüssir,
le soin qu'ils y apportent, &
& les aydes qu'ils s'y prepa-
rent : on ne peut iuger que ce
qui est si bien entendu, doiue
mourir auec le temps : & toutesfois il est asseuré que cela

ne passe iamais la vie, si ce n'est qu'ils en demeurent obligez a-pres la mort: Et bien souuent n'arriuent-ils pas à ce terme, vn accident les met en desor-dre, & force toutes leurs dis-positions.

Gens d'e-stat ne pas-sent pas les autres en ce point.

Cecy est tellement verita-ble, que ceux-mesmes qui vi-sent plus haut, & n'occupent leurs esprits que pour le bien des Monarchies, s'ils demeu-rent dans les maximes du monde, ne passent pas plus a-uant que les autres: veu que le plus grand secret de la poli-ce (si elle n'est Chrestienne) ne combat que les accidens du temps, & ne s'arreste pure-ment qu'au bon gouuerne-

ment de ceux qui viuent souz
l'empire des viuans. La paix,
les richesses, les forces, les
arts, & la santé des peuples,
sont les dernieres fins de plus
grands hommes d'estat; leur
science demeure là , & l'on
n'en peut rien attendre pour
le bon-heur de la vie suiuante.
Que si tout ce qu'ils font est
enfermé dans le periode de la
vie, & doit finir auec elle, il ne
peut profiter à celle qui est
eternelle , & dont la durée ne
finit point. Tellement que
tout le trauail de ces excellens
esprits (s'ils ne prennent d'autre lumiere que celle de la nature) leurs plus belles nego-
tiations , & le secret de leurs

pratiques, ne regardent que l'accommodement de nos corps. C'eſt le terme & l'obiet qui corrompt l'excellence de leurs actions, qui paſſe-roient pour humaines & Angeliques, eſtant releuées d'vne belle fin : mais celle-cy les ab-baiſſe, & les met au rang des animales, dautant que qui dit corps, dit ſenſible, & quelque choſe de terreſtre.

Gens de cabinet bru-taux.

Conſiderons maintenant ceux dont l'eſprit paroiſt d'v-ne autre ſorte, en delicateſſes & mignardiſes d'entretien. Ce ſont ces déliés qui parlent de l'œil & d'vn ſouſris, mieux que les plus ſçauans auec leurs li-ures : tout ce qui vient d'eux a passe-port, & leur nom donne credit aux plus heureuses rencontres. La galanterie leur doit ce qu'elle a d'aimable, & toute la Cour ne parle que par leur bouche. Voyla le sentiment du monde, qui ne peut prouenir que d'vne corruption de mœurs & de langage, qui luy fait prendre le corps pour l'esprit, & le sensible pour ce qui est d'intellectuel. Et qu'ainsi ne soit, n'est-il pas vray que ces beaux esprits demeurent sans pensées, depuis qu'ils ont perdu l'obiet de leurs sens? & qu'on reconnoist à leur discours qu'ils n'ont des paroles que pour le corps. Car ostez-les des cercles, & de deuant les

subiets de leur caiolerie, faites
retirer ces corps qui les ani-
ment, vous leur auez fermé la
bouche. Que si vous les enga-
gez en vn entretien serieux,
ils y reüssissent aussi mal que
les plus simples, & ne s'en
trouuent pas moins empes-
chez que ceux qu'ils font passer pour duppes. Leur esprit ne
se fait remarquer que comme
les rayons du Soleil dans les
chambres, où l'on ne le void
que par le moyen de la pous-
siere, & de l'ordure qui sa-
lit l'air. C'est pourquoy sainct
Paul les comprend auec les autres dans le manifeste qu'il a
Aux Ga-
latteschap.
6.
fait contre la chair. Voicy ses
mots. *Les œuures de la chair*

sont manifestes, qui sont pail-
lardise, souïlleure, impudicité,
luxure, idolatrie, empoisonne-
mens, inimitiez, debats, dépits,
courroux, querelles, diuisions,
sectes, enuies, meurtres, yuron-
gneries, gourmandise, & choses semblables. Cecy parle à
bien du monde, & m'empes-
che de rechercher plus particulierement ceux qui ne sont
que chair & terre, & dont le
vice a tant d'infection, qu'on
ne l'ose remüer pour l'apprehension que l'on a de sa puan-
teur.

Apres ceux-cy, il s'en trou-
ue encores d'vne autre espece, Les gens
qui n'ont rien d'homme que des champs
le visage, & la parole : & sont

au refte peu moins animaux
que les beftes dont ils ont
foin. La plufpart des gens des
champs font de ce nombre,
s'ils n'ont receu de l'inftru-
ction , ou que Dieu par vn
choix particulier n'ait preue-
nu leurs ames d'vne grace pe-
netrante , comme il arriue à
quelquesvns. Mais à demeurer
dans l'ordinaire, à peine la plufpart d'entre eux ont-ils le degré de fenfible : car d'vn cofté
la mifere de leur condition
leur ofte le gouft de la vie , &
de l'autre la raifon ne leur fert
plus que d'inftinct, & d'vn appetit naturel, qui les tient con-
tinuellement attachez à la recherche des neceffitez de leur

corps, ne s'esleuant iamais
plus haut que le manger, le
boire, & le dormir. Ce sont
leurs vniques soins, & auec
cela, s'ils sont sauuages, tels
qu'on les trouue assez souuent
aux montagnes & aux forests,
ie ne sçay en quoy ils sont
differens de leurs bois, sinon
qu'ils marchent : car ils naissent, prennent de la nourriture, se fortifient, & retournent
comme les arbres, & n'apprennent qu'en l'autre monde qu'ils
sont venus en cettuy-cy pour
meriter le Ciel, & qu'ils ont
receu de Dieu vn esprit capable de iouïr de luy dans l'eternité. Ceux-là donc passent sans
dispute pour les plus gros du
troupeau.

Reste maintenant à combattre les plus mauuais, aussi sont-ils gens de combat, & qui font vœu de ne quitter iamais les armes qu'auec la vie: si faut-il nous entretenir auec eux, & que nous trouuions moyen de monstrer que l'inhumanité qu'ils adorent pour vertu, les tire de la compagnie des hommes, pour les transformer en bestes farouches, & que le mouuement de la passion, qui anime leurs meilleures actions, tient plus du sanglier que de l'homme. Neantmoins le monde fait son idole de cette brutalité, & n'honore rien tant que la force d'vn bras qui ne pardonne

Les gens de guerre brutaux.

a ſonne. De façon qu'on
ſe paſſer auiourd'huy pour
axime de Nobleſſe, que qui
eſpand le ſang d'autruy, an-
noblit le ſien. Ie n'entreprens
pas de rendre la valeur coulpable de tous les deſordres que
luy imputent ceux qui ne peuuent ſupporter vn viſage de
guerre deuant eux ſans s'effrayer : mais auſſi ne veux-ie
pas conſentir qu'vne ardeur
inſatiable de nuire aux autres,
qui ſe prend vulgairement
pour la vaillance, ſe pare d'vn
nom d'honneur, qui ne luy eſt
nullement deu. Et ie ſeray
ort ayſe que de ce point l'on
orte iugement de toute la
nité du monde : dautant que

si ie fais reconnoiſtre quelque
choſe de brutal en ce qu'il a
de plus eſclatant , ce qui ſe
trouuera au deſſouz , en demeurera plus abbaiſſé , & plus
approchant de la beſte.

Or pour ce faire , il faut que
i'attaque le monde en ſon
honneur , qui eſt , de la confeſſion de tous , le premier de
tous ſes biens , lequel n'eſt iamais plus grand , ny plus cher,
que quand il couſte la vie à
vn autre , & qu'il ne releue
que de l'eſpée du Gentilhomme. Si donc l'on ne peut defendre nettement les actions
qui produiſent cet honneur
de quelque mouuement bru-
tal , & d'eſbloüiſſement de

raison, les autres biens qui
n'ont rien d'elgal à cettuy-cy,
feront plus aux beftes qu'aux
hommes. Cette raison ne laiffe aucun doute, pourueu que
l'on monftre que les grands
effects de cette valeur pre-
tenduë, & qu'on eftime fi
fort dans le monde, ont quelque tache de brutalité. Pour
le faire voir ie ne m'ayde point
de preuues populaires, qui ra-
meneroient neantmoins vn efprit ayfé dans mon fens : comme de dire que les cheuaux
ont quelque part à la valeur
de leurs maiftres, & qu'ils leur
donnent le premier rang dans
les armes, & que pour nommer vn homme de guerre

auec honneur, on l'appelle Ca-
ualier. Que la pluſpart des armoiries, qui ſont les marques
de la valeur, ne ſont chargées
que de lyons, de leopards, de
ſangliers, de griffons, & de
mille autres ſortes de beſtes.
Non, ie ne veux point faire
mon fort de ce qui peut eſtre
conteſté. Ma preuue ſe tirera de
la bouche des plus ſçauans au
meſtier; Ie n'oſe icy faire ſouuenir voſtre modeſtie, M o n
R e v e r e n d P e r e, des effets de ſon courage, que vous
aymez mieux oublier, que de
les voir encore vn coup en
danger d'eſtre meſlés auec
quelque ombre de vanité.
Vous ſçauez neantmoins ce
que

que tous les braues dient, que
la bresche est le plus beau
theatre de leur vertu, & qu'il
n'y a rien de hazardeux dans
les armées, comme la pointe
d'vn assault : que c'est le lieu
où il faut porter vn courage à
l'espreuue du fer & du feu,
pour essuyer tous les meteores
de la guerre : & que pour combattre la mort qui fauche a-
uec mille bras sur vn bastion,
vn Gentilhomme a besoin de
toute sa resolution, quand il
monte la picque au poing,
prest à forcer le desespoir de
ceux qui ne l'attendent que
pour vanger la perte de leurs
biens, & de leur vie. Repre-
sentons-nous toutesfois que le

d

bon-heur , & son courage
l'ont conduit sur le rampart:
qu'il n'a plus qu'vn bout de
son arme en la main , & que le
reste est demeuré dans le corps
de ceux qui luy ont fait de la
resistance. Leur ayant passé sur
le ventre , il fait l'Achile &
le Cesar , couuert de poudre,
trempé de sueur & de sang , &
combattant à la teste de sa
troupe, il s'aduance sur la muraille. L'ennemy ploye dessouz
ses coups , les corps de garde
sont forcez , & en fin la ville
s'emporte. En mesme temps,
la rage , l'auarice , l'impudicité , l'impieté, le sang, & le feu se
respandent de tous costez. Vn
torrent qui enfonce sa digue,

se iette auec moins de furie
sur la campagne, que la colere de ces vaillans dans vne place forcée: ils ne pardonnent à
homme ny à beste, non pas
mesme aux murailles, & aux
maisons: & en peu d'heures,
d'vne bonne ville ils en font
vn petit Enfer. Or pour sçauoir s'ils sont raisonnables en
ces actions, on n'a qu'à les
combattre de raison, & prendre la peine de leur remon-
strer leur desordre. Ie m'asseure que ce ne sera pas auec
grand effect, & qu'on n'y
courra pas moins de danger,
que si l'on s'estoit rencontré
deuant des bestes eschauffées:
Aussi sont-ils possedez de la

rage qui leur change le corps
en Tigres , & leur met le feu
aux yeux , le fang aux ioües,
l'efcume à la bouche , leur
oſtant meſme l'vſage de la
langue , & ne leur laiſſant pour
parole qu'vn rugiſſement, qui
n'eſt bon qu'à les acharner au
maſſacre. Et i'oſe dire , que
leur tranſport eſt bien tel, que
ſi les beſtes les plus farouches ne ſont pourſuiuies , il
n'en eſt point dans les foreſts
qui leur reſſemble. Qui croira
māintenant que ce boüillon
de colere dont naiſſent tant de
mal-heurs , ſoit la ſource du
plus grand bien que les hommes poſſedent ſur terre , &
que les plus beaux lauriers de

leurs triomphes ne soient arrosez que de larmes & de sang.
Qu'on iuge apres auoir veu
cette Noblesse, de la Roture,
& combien elle doit estre infame, puis que la grandeur se
prend de si bas.

Cecy suffiroit pour décrier III. & IV.
le monde dans le monde mes- Chef.
Le monde
me. Mais puis qu'il ne se con- Malicieux,
tente pas de sa bassesse, s'il n'y & nostre
adiouste la malice, nous luy Ennemy
mortel.
deuons reprocher, qu'imitant
les bestes, il ayme mieux res-
sembler aux plus rampantes,
qui sont les plus veneneuses,
que d'estre quelque chose de
meilleur. Et par effect, il est
tres-vray que le monde est
remply de ce genre d'animaux,

d iij

qui sont les plus mal partagez
de la nature, & dont les elemens sont la malice, & la
cruauté, le fiel & le venin:
d'où se forme l'inimitié mortelle qu'il nous porte: & quelque bonne mine qu'il face, il
n'a qu'vne tres-mauuaise volonté contre nous. C'est vne
panthere qui a la peau semée
de fleurs aussi belles que celles
des iardins, & qui ne sentent
pas moins bon : mais elle
porte neantmoins vn secret
poison dans ses veines, qui la
picque & l'enuenime si furieu-
sement contre l'homme, qu'elle n'en peut mesme souffrir
l'ombre, & se ruë auec ardeur
sur sa figure, pour la deschi-

rel si on luy presente. Ie trouue que le monde a bien de cette humeur, veu que quel-
que douceur apparente qu'il
nous monstre, ce n'est toutesfois qu'vne feinte : il meurt
d'enuie de nous perdre, & ne
desire rien tant que nostre
sang. Cette haine merite la
nostre, & l'animosité qu'il
nous porte, ne peut estre re-
poussée que par vne sembla-
ble : le scrupule ne nous en
doit point retenir, dautant que
pour son regard, nous sommes
dispensez de la loy qui nous
oblige de vouloir du bien à
nos ennemis. Il y en a vne particuliere pour luy en la premiere de sainct Iean : *Gar-*

1. de S. Iean
chap. 2.
dez-vous bien d'aymer le monde : qui eſt comme s'il nous
diſoit, Rendez - luy le mal
pour le mal ; hayne pour hayne , & du meſpris pour ſon
meſpris. Sainct Paul en vſoit
ainſi , & diſoit parlant du mon-
Aux Gala-
tes chap. 6.
de ; *Il me traite de pendart, &*
moy luy : s'il me hayt , ie ne
l'ayme pas : & s'il me meſpriſe,
ie n'en fais pas moins de luy.
C'eſt tout ce qu'il merite de
nous : car l'on peut dire auec
verité , que nous auons moins
de ſubiet d'auoir de l'auerſion
des demons, qui ſont ennemis
de Dieu & des hommes, que
de luy : dautant que ſes coups
ſont plus ineuitables que ceux
de l'Enfer ; veu qu'il s'ayde du

corps & de l'esprit, qui sont plus puissans ensemble que l'esprit seul. Et ne sert de rien de dire, que l'vn est inuisible, & l'autre non : puis qu'en ce combat l'effort va contre le corps, qui ne se prend que par les sens. C'est pourquoy l'esprit malin se défiant de ses forces, quand il veut tenter les hommes, en emprunte la figure : & nous esprouuons nous mesmes des remedes efficaces contre les suggestions de l'esprit, qui sont foibles pour resister aux compagnies, & aux attaques visibles, desquelles on ne se peut défaire sans aydes sensibles, & sans secours, dont l'action touche le corps, tels que sont les abstinences, & les rigueurs du vestir & du dormir : & sur tout le retranchement des occasions qui nous emportent, lesquelles se trouuent principalement dans les compagnies, c'est à dire dans le monde : puis que nous n'appelons pas Monde, vn globe de terre & de mer, mais le grand nombre des personnes qui y viuent. C'est ce que nous accusons quand nous crions contre le monde, & ce que nous rendons coulpable de tous les desordres qui se commettent.

Le subiet de nos plaintes se tire de deux chefs : dont l'vn est l'exemple, & l'autre le maumais iugement qu'il nous fait faire de toutes chofes. L'exemple emporte fur nous que nous fuiuons le train des autres, & que nous marchons deffus leurs pas. Et l'accouftumance de iuger mal, forme en nous de tres-pernicieufes maximes. Ce font deux maux ineuitables à qui conuerfe: & fi Dieu ne fait miracle, il eft impoffible d'efchapper de la malice de l'vn, & de la corruption de l'autre. C'eft dequoy le monde nous bat, & ce qu'il employe pour nous rauir les pretenfions de l'autre vie, quoy qu'il n'en face pas mine, & feroit bien marry de nous voir dans les voyes d'y paruenir.

Malice & inimitié en fes confeils, qui nous pouffent toufiours au pis.

Ie compare cette malice à celle d'vn homme, qui faisant profession d'aymer quelqu'vn, &
de luy donner conseil sur vn
embarquement, s'efforce de
luy persuader de quitter vn
vaisseau seur & bien equippé,
dans lequel il alloit entrer, pour
en prendre vn demy brisé, &
tellement mal-heureux, que
de mille personnes qu'il a portées, les neuf cens nonante-
neuf se sont perduës. Il sçait
bien que depuis qu'il est sur
l'eau : les dangers l'ont tous-
jours suiuy, qu'il trouue des
rochers en pleine mer, que
toutes les estoiles luy sont contraires, qu'il n'entre au port
que par pieces, qu'il est dé-

crié dans tous les haures : &
neantmoins cet homme est si
mal-heureux que de forcer son
amy, de se ietter dans ce goul-
fre, & de se retirer du meilleur vaisseau de la mer, & qui
ne sentit iamais la tourmente,
pour le voir bien tost abys-
mer. Que peut-on iuger d'vn
conseil si pernicieux, sinon
qu'vn dessein formé de luy
nuire, & vne furieuse enuie
d'offencer celuy qui prend aduis de luy. Voyla l'image du
conseil du monde, lequel si
nous voulons escouter : fus-
sions-nous dans les aziles, nous
en sortirons pour nous perdre.
Et voicy comment. L'on sçait
qu'il n'est point de vaisseau as-

seuré comme vne saincte maison pour arriuer à bon-port:
que la Religion porte son calme auec soy, qu'elle choisit les
vents sur la carte, & que personne ne s'y embarque sans sur-
gir où il desire. La barque du
monde au contraire, ne touche
iamais terre que pour charger,
& ne descharge qu'en pleine
mer, par la force d'vne tempeste: personne n'y est entré sans
auoir couru fortune de son salut: il semble qu'elle ne soit
faite que pour seruir aux condamnez, toutesfois c'est le bac
où est la foule: s'il se trouue
quelqu'vn qui pense faire son
passage dans l'autre, il trouue
la tempeste au bord, & toutes

chofes luy font contraires; fes
amis le preffent de prendre
place auec eux dans vn vaiffeau qui ne vaut gueres mieux
que le ventre de la balaine, ou
les abyfmes de la mer. Quiconque veut excufer cette im-
portunité, de malice, ne la doit-
il pas condamner de beftife, &
d'vn fort mauuais iugement?
Mais il y a de l'vn, & de l'autre.
La beftife paroift en ce qu'on
fait vn mauuais choix pour
foy-mefme: & le deffein, en ce
que ces foliciteurs ne parlent
que contre leur confcience, &
l'experience qu'ils ont de la
mifere de leur propre condition, qui ne leur donne aucune affeurance du Paradis.

Apres cette trahiſon qui

Le mauuais
exéple dans
le monde.

vient des conſeils, ſuit l'exemple, qui eſt le premier mobile
du monde, & qui entraiſne a-
uec ſoy toutes nos reſolutions,
contre qui les plus conſtans ne
gaignent pas dauantage que
le Soleil, & les grands aſtres
contre le courant du Ciel. Ce
qui ſe fait pour les corps au
rencontre d'vne foule, arriue
auſſi à nos eſprits dans les opinions communes, de n'y pouuoir reſiſter. Il faut ſuiure ne
pouuant vaincre : & ainſi la
meilleure partie de nos delibe-
rations va à plus de voix, &
nous iugeons comme les enfans, qui prennent le plus gros
pour le meilleur. O Dieu! que
cette

cette tyrannie est cruelle, & que son oppression est violente? Ie ne vois qu'vn moyen de s'en defendre, qui est de ne se point engager dans cette pres-se, où nous ne voyons que des ennemis & des personnes dis-posées à nous corrompre, & à peruertir nos iugemens. L'vn est rongé d'auarice, & il ne se peut faire que si vous traittez souuent auec luy, ces raisons ne vous persuadent ce qu'elles luy ont mis dans l'es-prit. L'autre qui brusle de mauuais desirs, peut bien vous allumer de son feu; & com-muniquant auec l'ambitieux, vous l'entendrez faire si sou-uent estat de la gloire, & des

e

grandeurs, qu'en fin il vous en donnera du goust. En vn mot, il est des vices de l'ame, comme des maladies du corps, qui se gaignent par la hantise. Les ours deuiennent blancs souz le pole, à force de veoir de la neige : & dans vn grand vsage des meschans, on prend ayfément la teinture de leurs vices. Or le monde n'est point si aueugle, qu'il ne reconnoisse bien son mal : mais il n'est pas assez bon pour en arrester les progrez : & tant s'en faut qu'il y mette empeschement, qu'au contraire, il ne trauaille qu'à l'estendre, & à faire courir cette gangraine par tous les membres de son corps. La po-

llcc peut bien mettre ordre aux
maux qui courrent au preiudice du public, ordonnant des
peines rigoureuſes contre ceux
qui en eſtans frapez, ſe meſ-
lent dangereuſement parmy le
peuple. Pour couper chemin
à la maladie qui s'eſchauffe
dans vne ville, on ferme les
maiſons; on les marque d'vn
blanc plus triſte que toute forte de noir, & ceux qui ſont
atteints du mal, ſont obligez à
porter la baguette en main:
& ſouuent à viure enfermez en
des lieux, où ils ſont contraints
de reſpirer vn air qui n'eſt bon
que pour les mourans. Cecy
ſe fait pour le corps, & vn mal
plus important demeure im-

puny & fans remede. Perfonne n'empefche vn homme perdu de porter la pefte de fes
mœurs aux plus grandes compagnies : & quoy qu'il gafte
tous ceux qu'il touche de fon
haleine, il eft toufiours le bien
venu pourueu qu'il caufe : fon
entretien luy donne de l'entrée
par tout, & vne tres-ample
permiffion de dreffer des embufches à la pieté, d'empoi-
fonner les confciences, de fe-
mer les germes d'infidelité,
d'atheifme, & de defbauche
dans des cœurs qui n'eftoient
nais que pour l'honneur &
pour le bien. La malice du
monde arriuant là, n'eft-elle
pas au dernier point de l'ini-

mitié? puis qu'elle nous oste le
plus grand de tous les biens,
qui est la vertu : en effaçant
de nos ames ses traicts ; & d'aymable qu'elle estoit, la noir-
cissant par l'artifice de ses men-
songes : rendant son chemin
difficile. Applanissant au contraire celuy du vice, & luy donnant tout son credit, ne pratiquant les richesses & les honneurs que pour les meschans,
& en ostant l'accommodement
aux gens de bien.

Ie passe à vne autre action
d'hostilité, qui est de détourner le secours que Dieu
nous donne pour nous sauuer,
& empescher les aduis qui
nous viennent de sa part. Que

Le monde ennemy immortel des hommes, empesche qu'ils ne guerissent.

e iij

le Ciel tonne, que Dieu frappe pour nous faire reuenir à
nous , la lethargie que nous
contractons dans le monde eſt
ſi forte , & l'inſenſibilité ſi ex-
tréme , que les chaſtimens perdent auſſi bien leurs effects
deſſus nous , que les faueurs.
Toute l'eſtude du monde ne
viſe qu'à nous en oſter le ſentiment, & à nous enleuer cette
aſſiſtance , empeſchant que
nous ne puiſſions guerir, qui eſt
vne eſpece de cruauté , qui ne
ſe rencontre point parmy les
hommes. Vn ennemy couché
par terre & laiſſé pour mort,
contente les plus barbares fu-
reurs. Vn Scythe qui l'auroit
mis en vn ſi mauuais eſtat , &

lorcuerroit enuelopé d'vn cei-
roine, n'auroit pas le courage
de leuer l'appareil, & de rouurir les playes qu'il auroit faites, pour l'empeſcher de reui-
ure, & luy donner deux fois
la mort. Il n'appartient qu'à
des tigres & à des loups de retourner ſur la charongne, &
de la deſchirer, tandis qu'il
luy reſte quelque choſe deſſus ou dedans les os : c'eſt
neantmoins comme le monde
nous traite, ne pouuant ſouffrir le moindre remede deſſus
nos playes. Et ſa paſſion ne ſe
contente pas de nous auoir mis
à l'extremité, ſi elle n'empeſche les remedes que Dieu nous
applique : de ſorte que ces

bleſſures nous ſont doublement mortelles , & ſa rage
les rend incurables. Ie me
contenteray d'en repreſenter
vn exemple , qui nous ſeruira
pour tous.

Quand Dieu nous oſte vn
pere, vne mere, ou vn amy,
dont la perte nous eſt ſenſible , ſon but n'eſt que de deſ-
gager noſtre amour, de le ra-
mener à ſoy , & de nous tenir
aduertis de noſtre heure , qui
viendra comme celle des autres. Et partant que nous
ne ſommes pas ſur la terre
pour y viure eternellement,
& pour y borner nos eſperan-
ces. C'eſt vne leçon qui ſe
preſche mieux de la biere, que

de la chaire, & dont les morts parlent plus clairement que les viuans: & fur tout ceux de qui nous tirons la vie , & qui auoient quelque chofe de noftre fang. Dieu fait cette brefche à noftre ame pour y entrer : il nous vifite pour eftre receu, & n'efpargne pas la vie d'vn autre pour nous donner de l'apprehenfion. Que fi le remede femble violent , l'opiniaftreté de noftre mal en eft caufe , qui ne peut guarir à moins , que de la perte de ce qui nous touche de prés : encores bien fouuent ce fecours fe trouue foible par la malice du monde qui le charme , par les paroles de ceux qui nous

font les moins fufpects : dautant qu'en femblables accidens
ceux qui font profeffion de
nous eftre amis , font obligez,
par deuoir, à faire leur effort de
nous ofter la memoire de nos
pertes, & d'eftouffer tant qu'ils
pourront les fentimens qui
nous en reftent. On commence ce mauuais office par vn
changement de logis : on fait
retirer ceux qui peuuent rafraichir nos peines : on ne nous
laiffe entretenir que par des
perfonnes qui nous donnent du
diuertiffement: les compagnies
le relayent pour nous faire
paffer le temps , & pour tromper noftre ennuy. La ville n'eft
pas affez grande pour le faire

euaporer , on nous tire aux
champs, pour perdre en plus
grand air les penſées qui nous
trauaillent. Mais à parler
Chreſtiennement , cela s'appelle ſe defendre de l'eſperon,
& refuſer les chaſtimens que
Dieu nous donne : la façon
d'en profiter ſeroit de demeurer ſur les lieux, de laiſſer ope-
rer à loiſir le remede , de veoir
à l'œil ce que nous ſommes,
& regarder dans ce miroir ce
que nous ſerons, & à quoy a-
boutira noſtre ambition & nos
delices, à comparer le paſſé a-
uec l'aduenir , pour donner
place aux penſées de l'eternité. Quand ie me repreſente la
chambre d'vn mort , & qu'il

est encores sur la paillasse, ie
ne sçache point de lieu propre
pour iuger du monde comme
celuy-là : c'est où l'on void
parfaitement sa foiblesse, & sa
cruauté , en vn abandonnement general de tous les proches, qui est si soudain, qu'à
peine le pourroit-on croire,
s'il n'arriuoit tous les iours. Les
peres & les meres s'éloignent
tant qu'ils peuuent de leurs
enfans, & les enfans ne recon-
noissent plus les corps dont ils
ont tiré l'estre, & la vie. Toute la faueur que le monde fait
en cet Adieu , est de songer
aux torches & aux armoiries,
& de mettre les cloches en
bransle : pour les larmes , en

deux fois vingt-quatre heures
elles sont essuyées, si ce n'est
que les interests du bien les
facent couler plus long temps.
Incontinent apres on songe au
partage, ou à remarier la vefue, auant mesme que le mort
soit en terre. Le reste de la ce-
remonie est de cet air, & n'est
bon qu'à esteindre promptement la memoire du defunct:
En quoy les amis commettent
vn meurtre plus cruel, que
de luy oster la vie, effaçant
les souuenances, qui ne se
peuuent assez conseruer. Or vn
si grand mespris ne deuroit-il
pas picquer les viuans, puis que
les morts en ont perdu le sentiment? & ne deurions-nous

pas hayr celuy qui nous eſt ennemy iuſques aux cendres.
Mais ce n'eſt pas la plus grande
de ſes cruautez ; les morts ne
ſouffrent plus rien. L'extremité
de ſa rage ſe void mieux contre le ſalut des mourans, que
contre ceux qui ſont paſſés. Et

Cruauté du monde qui dreſſe des embuſches à noſtre ſalut, & principalement ſur le point de la mort.

que nos accuſations ſoient tenuës pour calomnies, ſi ceux
qui ſont les plus auant dans
le monde ne ſont les plus en
danger. Ne ſçait-on pas que
c'eſt vn petit miracle quand
vn Grand meurt auec tous les
ſecours de l'Egliſe, & ayant receu ſes Sacremens. Auant qu'-
on ſe ſoit reſolu de luy en parler, il ne faut pas qu'il puiſſe
entendre : & pour luy faire

voir vn Confeſſeur, on attend
qu'il ait perdu la veuë. Que ſi
l'on peut tirer de luy vn ſigne
de teſte, ou de main pour receuoir vne abſolution, telle
qu'on luy peut donner ſur vne
ſi triſte confeſſion, & qu'il
meure là deſſus, tout le monde le canonize, on loüe ſa
pieté dans la Cour, & aux
harangues funebres, on fait
vn grand quartier de ſa belle fin : & Dieu ſçait ce pendant ce qu'il eſt deüenu.
Mais ne mettons point les
choſes au pis, Dieu fait
grace à qui il luy plaiſt : il eſt
des perſonnes de condition
qui ſe diſpoſent fort Chreſtiennement à ce paſſage. Le

plus notable exemple que
nous en ayons eſt ſorty de chez
vous, MON REVEREND PE-
RE ; & ie ne craindray point
de vous en faire ſouuenir en
ce lieu , puis que la memoire
ne vous en peut eſtre que tres-
douce. Cette ſainĉte ame qui
vous apporta toutes les vertus
en doüaire, qui vous ſont de-
meurées encores plus entieres
apres ſa mort. Comme quoy
a-t'elle quitté le monde ? Et
à qui n'a-t'elle fait enuie de le
quitter? Nous en beniſſons les
effeĉts. Vn priſonnier laiſſe ſes
fers auec moins d'alegreſſe,
qu'elle ne fiſt ſa plus agreable
demeure. La penſée de s'en
veoir dehors luy fiſt porter ſon
                              mal

mal auec plaiſir, & ſa peine ne
dura que tandis qu'on l'entre-
tint dans l'eſperance de la vie.
Or ſa pieté fut ſi rare, qu'elle
ne peut affoiblir ma preuue, &
le monde ne peut pretendre
de ſouſtenir ſa cauſe par les
merites d'vne perſonne qui ne
fut iamais à luy. Et partant,
elle, & ceux qui taſchent de
l'imiter, ayderont pluſtoſt à
mon deſſein, que d'y nuire,
pouruē qu'on les entende parler l'ame deſſus le bord des
leures, où elle ne peut plus
mentir, car c'eſt lors qu'ils
font veoir par leurs diſcours,
l'eſtime que l'on doit faire
du monde, puis que l'ayant
tant cogneu, ils ne le peuuent

f

affez blafmer, & en accufer la
malice. Au contraire les mefmes ne fe peuuent laffer dans
leur foibleffe de dire mille biens
de la condition de ceux qui en
ont abandonné la vanité, auant
que d'eftre forcés à ce faire. Et
s'ils parlent de la leur, ce n'eft
que pour en regretter les ferui-
tudes, & le téps mal employé.
Il s'en trouue d'autres qui n'ayans pas vefcu dans vne obfer-
uance fort eftroitte de commandemens, font bien ayfes de
mourir dans celle des confeils,
& d'emporter vn habit fainct
dans le tombeau. L'ordre euft
efté beaucoup meilleur de faire
durant leur vie, ce qu'ils defire-
roient auoir trouué dans ce mo-

ment. Mais la faute faite pour eux, l'inſtruction demeure à ceux qui s'en peuuent améder.

Quelque malin tournera ces excez de deuotion en freneſie, & dira qu'ils ſont effects d'v-ne maladie qui attaque le cer-ueau : mais s'il y a de la reſue-rie, il faut croire qu'elle eſt toute de ſon coſté, & que ſon iugement n'eſt pas preferable à celuy d'vne perſonne qui ſe void entre le temps & l'eter-nité, comme dans vne place neutre, & au milieu de la vie & de la mort, où l'on iuge deſ-ſus les lieux, & auec vne par-faite connoiſſance de cauſe : & partant s'en faut-il te-nir à la derniere parole de ces

mourans, qui ne se doit non
plus disputer qu'vn testament.
Mais si l'on veut appeller de
cette sentence à ceux qui ont
moins de sentiment des choses du Ciel, encores n'y en a-
il point de si mauuaise conscience, & qui face tant d'estat des
choses de la terre, qui ne change volontiers sa condition a-
uec celle du moindre Religieux prest à rendre l'ame entre les bras de ses freres. L'aduantage est trop visible pour
rendre le change douteux:
mesme à le prendre dans le
present : car pour le corps, toutes choses y sont pareilles;
ils ont esgalement perdu le
goust des plus sensibles delices,

& n'y a point d'inuention, ny
de desguisement qui le puisse
reueiller. Pour le passé c'est vne
chose desia morte, & dont il
ne leur peut rester que le compte à rendre, qui est bien plus
leger à l'vn, qu'à l'autre. Le Religieux se trouue consolé de
ce qui luy reuient deuant les
yeux, & toutes choses luy promettent des couronnes : d'où
vient qu'il ne quitte point la
vie, ny la terre à regret, &
que les esperances qu'il emporte luy sont des gages asseurez de la felicité qui l'attend. Où ceux qui ont vescu
dans le coulant du temps, &
sans penser à l'aduenir, sont sai-
sis d'vne iuste apprehension de

leurs crimes, dont ils découurent l'horreur, & maudiffent
les fouuenances. Les illufions
ne les trompent plus, le charme des fens fe défait par la maladie : ils commencent à veoir
le monde en fon vifage, fa
feinte n'impofe plus à leurs iugemens, ils en reconnoiffent
la malice, & découurent la
fauffeté de fes biens, qui ne
font biens qu'à faire mal à ceux
qui en font chargez. Cela ne fe
void, que comme les metaux,
au depart, où l'on connoift la
qualité de l'alliage, & la bonté ou la baffeffe de leur tiltre.
Mais c'eft trop tard, que d'ouurir les yeux quand la lumiere nous manque : cette verité

reconnuë en son temps, nous
releueroit de grands erreurs:
puis qu'on ne suit la vanité,
que souz les esperances d'vne
plus grande satisfaction. Et
neantmoins il est certain, que
mesmes dans les bornes de la
vie, les plaisirs du sens qui doiuent mourir auec nous, ne
sçauroient nous rendre con-
tens.

Leur fin & leurs qualitez
materielles font veoir qu'ils ne
font faits que pour le corps : &
partant il n'est pas possible
qu'ils puissent toucher à la piece qui nous fait hommes : qui
est cachée dessouz les sens,
comme vne figure de la diuinité souz son voile, au trauers

Le monde
Trompeur,
ne pouuant
pas mesmes
donner au
corps le
contente-
ment qu'il
luy promet

f iiij

duquel les images des chofes fenfibles ne paffent qu'eftant deuenuës fpirituelles. Mais comment ces paffetemps pourroient-ils remplir noftre efprit? veu mefmes qu'ils laffent le corps & le corrompent. Les meilleurs d'entre-eux ne paffent pas la bonté du fucre, qui flatte le gouft, & laiffe de l'alteration à l'eftomach & à la bouche, qui en chaftie la delicateffe : le refte des plaifirs eft de mefme, pour mols qu'ils foient, leurs excez bleffent les fens. Que fi les organes materiels peuuent eftre offencez par ce qui les deuroit rendre heureux, qu'en peut-on efperer pour l'ame? Le mefme fens dé-

couure encore d'vne autre façon la foiblesse de ses plaisirs
en ce que les ayant esprouués
en leur dernier point, & les
plus vifs qu'ils peuuent estre,
l'on s'estonne d'en estre si mal
satisfait, & que nostre appetit
les ait tousiours attendus beaucoup plus delicieux, dautant
qu'apres les auoir long temps
succés, le cœur demeure sec, &
aussi peu remply qu'auparauāt.
L'vsage fait cette demonstra-
tion, & la seule pensée des plus
innocentes voluptez, que nous
receuons par les yeux & par
les oreilles fait aduoüer cette
verité, veu qu'il n'est point de
musique si rauissante, ny de
peinture si acheuée, qui ne

laisse encore du vuide , &
quelque chose à contenter. Ie
ioins à l'experience le preiugé
de ceux qui estans en possession
de ces biens sensibles, les ont
quittés , tesmoignans par ce
diuorce le peu de satisfaction
qu'ils en ont receu , & qu'ils
sont du nombre de ceux qui
se plaignent de leur peu d'effet , & que toute leur delica-
tesse n'a iamais rendu vne seule
personne contente. Ce qui est
tellement vray, qu'on est encore à veoir celuy qui n'ait point
accusé sa condition dans le siecle. Ie n'en excepte pas vn,
non pas mesmes les puissances
les plus souueraines : les plaintes sont generales , depuis le

sceptre iusques à la besche, &
tous ceux qui en parlent sans
feintise, nous affermissent en
cette creance. Au contraire, le
bon-heur de ceux qui se sont
donnez à Dieu est si constant,
& si vniuersel, que personne
ne l'accuse, & qu'apres l'auoir
esprouué, pour rien du monde
on n'en voudroit auoir changé
le goust auec les couronnes des
Roys. Aussi n'y a-il que Dieu
qui puisse donner le repos à vn
esprit raisonnable : & hors de
luy, tout n'est qu'vn vuide, &
vne image de bon-heur, sans
corps & sans verité effectiue.
Rassemblons la force de cette
raison, & concluons qu'on ne
peut produire de plus violent

argument contre la felicité du
monde , que de monſtrer des
perſonnes regorgeantes de ſes
delices , qui apres les auoir eſ-
ſayées, s'en ſont laſſées, & les
ont quittées pour ne les plus
reprendre : n'ayant iamais eſté
plus heureuſes , que dans l'ab-
ſence de ce bien , & iamais
plus empeſcheés , que quand
elles en ont eſté chargées, &
n'en ont point reconnu de
meilleur.

Pas vn ne peut ſouſtenir cette verité , comme vous, MON
REVEREND PERE, qui con-
noiſſez, mieux que tout autre,
les aduantages qu'vne vie ſain-
éte & retirée , a par deſſus les
contentemens de la Cour, qui

auoit fait tous ſes efforts pour
ſe rendre obligeante en voſtre
endroit , & pour vous re-
tenir & s'ayder de la gloire
de vos merites , peut eſtre au
preiudice de pluſieurs , qui euſſent fait conſcience de n'aymer
pas le monde , voyant de ſi
bonnes qualitez employées à
ſon ſeruice. Ceux qui ſont du
bon party le reſſentent , &
vous ont vne obligation tres-
forte , de ne les auoir point
empeſchez de meſpriſer celuy
qui ne ſe pouuoit faire eſtimer
que ſouz la protection de voſtre
nom, laquelle enfin vous luy a-
uez retirée côme à vne indigne.
Cette condemnation pouuoit
bien le faire declarer infame,

& ie ne voy point qu'il en fût
neceſſaire de plus forte, n'e-
ſtoit que ſon orgueil a de la
peine à ſe rendre, & qu'il darde
encore ſon venin, ne ſe pouuant plus traiſner.

Defenſe du
môde pour
luy-meſme.
　　Voicy les meilleures de ſes
reſponſes : apres auoir neantmoins confeſſé qu'il y a de la
peine à maintenir la vertu parmy toutes les occaſions de mal
faire qu'il nous fournit. La vertu n'a iamais plus de perfection,
que lors qu'elle a plus de difficultés à ſurmonter: iamais ſa lumiere ne paroiſt auec plus d'eſclat, que dans les vmbres, ſon
merite ne ſe tire que du côbat,
& qui la veut ruiner, luy doit
oſter ſon ennemy. Rome eut

besoin d'vne Carthage pour
entretenir sa valeur: Scipion en
apprist plus d'Hannibal, qu'Al-
cibiade de Socrate.

Cette caiolerie s'estend aussi
loin que l'on veut, & ne sert
qu'à amuser ceux qui se veulent flatter, & prendre plaisir
à estre trompez par vne apparence de raison. Ou bien cela se
debat par forme de deuis,
comme il arriue assez souuent:
si bien qu'il n'est point de Religieux qui n'en ait esté im-
portuné plus d'vne fois, encores que la response s'en trouue
dans le sens commun, & que
l'on soit tout persuadé qu'il y
a quelque chose de plus gene-
reux & de plus parfait à rom-

pre net auec les delices fenfibles , que d'en retrancher les
excés, & fe tenir à vn accommodement meflé du gouft du
ciel & de la terre , auec danger
de recheute: car qui n'eft que
deffus les marches du monde,
ne fe doit pas perfuader en
eftre dehors : vn flot reprend
bien fouuent deffus le bord ce
qu'vn autre y auoit ietté. Et
ceux qui font le plus de bruit
auec cette raifon , n'ont pas
neantmoins d'autre creance au
fond de l'ame , que celle du
commun des hommes, qui ad-
mirent le courage de ceux qui
fe défont de tout ce qui peut
alentir leur courfe, & les empefcher de fe donner entierement

ment à Dieu. Mais pour les
payer de raison, pluftoft que
d'vn fentiment commun, ie dis
que quand la difficulté eft
iointe neceffairement à la vertu, & qu'elle naift de l'excellence de l'obiect, & non pas de
la foibleffe du fubiet, elle doit
eftre plus eftimée. C'eft ainfi
que les pierreries ne font iamais plus belles que quand elles fortent du vinaigre. Mais fi
la forte oppofition qui fe rencontre, vient d'vne moleffe qui
lafche le pied, & ploye d'elle-
mefme, pouuant fe roidir, &
faire ferme. Tant s'en faut que
cette refiftance face croiftre le
merite de la vertu, que plus-
toft elle l'amoindrit. Le mef-

g

me en eſt-il quand cette difficulté eſt recherchée , & qu'on
prend plaiſir à s'empeſcher. Ce
qui fait que de deux actions qui
d'elles - meſmes ſont eſgales,
pour eſtre vnies en meſme fin,
& regarder vn meſme obiect:
celle de celuy qui y employe
toutes ſes forces, eſt plus loüa-
ble que celle de celuy qui ne
fait qu'vn demy effort, & pouuant mieux faire , ne le fait
pas , pour vouloir trop embraſſer à la fois, ſe donnant de
l'empeſchement par plaiſir:
veu qu'en ce faiſant il marque
le peu de volonté qu'il a de ſe
rendre plus parfait, puis qu'il
s'en oſte le pouuoir tout à deſſein. Vn fait eſclaircira encore

mieux ce que ie dis, que le difcours fans exemple. Si vn Gentilhomme craint Dieu, s'il apprehende le peché plus que
toutes les difgraces des hommes, s'il s'occupe au bien par
deffus le commun des gens de
fa profeffion, s'il force les ne-
ceffités de la Cour qui l'obli-
gent à mille fortes de libertés,
dont il ne prend que celles qui
fe peuuent pratiquer auec le
plus d'indifference. Ne meri-
te-il pas beaucoup? & demeurant dans cette integrité, n'eft-
il pas efleué à vn point de perfection, où peu de perfonnes
arriuent? Ie l'aduouë : mais
auffi à dire le vray, comba-
tant les difficultés d'vne con-

dition à laquelle il n'eſt point lié ſi ntceſſairement, qu'il ne s'en puiſſe deſtacher, il s'eſt fait luy-meſme vn ennemy, qui l'empeſche d'aduancer, autant qu'il luy donne d'occupation à ſe defendre, qui eſt rabattre, à bon compte, plus de la moitié du bien qu'il pourroit faire, s'il ſe donnoit tout entier à Dieu. S'il eſt ainſi, me

Seconde recharge du monde.

dira quelqu'vn, il faut donc que tout le monde ſonge à la retraite, & pour remplir les Monaſteres, que l'on vuide les Parlements : il faut faire du Louure vn deſert : mettre la Cour en ſolitude : & ſi cette regle eſt receuë, l'on tirera les Capitaines & les bons Iuges

des maisons Regulieres, aussi
bien que les Prelats; & le Roy
n'aura des gens de seruice que
par emprunt: car depuis qu'vn
homme commencera à passer
le commun, il faudra qu'il a-
cheue de se rendre parfait souz
vn habit sainct, pour obeyr à
cette maxime. Or qui ne void
l'interest de l'Estat en cette doctrine, & que les incommodi-
tés qui la suiuent ostent les
appuys necessaires au public,
& aux familles des forces, sans
lesquelles les vns & les autres
tombent en ruine.

Ne iugeroit-on pas à ce dis- *Responso.*
cours que le monde parle de
bon, & que veritablement il
est en peine, ou qu'il y va de

sa conseruation, ou de sa perte. Ie ne crois pas neantmoins
qu'il finisse par ce bout là.
Moyse & les Prophetes nous
dépeignent sa fin d'vn crayon
beaucoup plus noir : le feu du
iugement n'auroit rien à punir s'il y auoit tant de gens de
bien sur la terre. Et si la sterilité des continens deuoit arrester la suitte des hommes, ce
qui seroit sur terre voleroit
bien tost au ciel. Mais il faut
que le monde parle, encore
que ce soit sans verité, &
sans raison. N'est-il pas vray
qu'vne année de maladie oste
plus de personnes du monde,
que la deuotion de cinq cens
ans? A peine void-on de ces

grands exemples en tout vn
siecle. Nous n'en auons eu en
France , que lors qu'on s'eſt
mis en eſtat de les meriter.
Nos deux derniers Iubilés en
ont produit chacun vn. Et la
rage des duels nous a em-
porté depuis vingt cinq ans v-
ne armée de trente mille com-
battans , capables de remettre
la France en poſſeſſion de ſes
droicts , & de chaſſer les lyons,
les leopards , & les aigles du
iardin des Fleurs de Lys. Cependant au lieu de crier contre cette fureur , le monde luy
applaudit , & luy trouue des
noms honorables , qui ne doiuent ſeruir qu'à la vertu. L'on
nomme cette barbarie , ſenti-

ment d'honneur, galanterie, humeur caualiere, & apres tout, on adioufte d'vne fade delicateffe que la lame eft l'ame du Gétilhomme, & que l'efpée eft l'aune de fon courage. Les noms ne changent pas les chofes, le meurtre eft toufiours du fang refpandu, & quelque defguifement qu'on y apporte, c'eft toufiours vne cruelle folie: ie la nomme folie, luy faifant grace, mais vne grace de Gladiateur, que l'on fcelle de cire verte, veu qu'elle merite vne plus rude cenfure, puis qu'ils s'opiniaftrent dans leur erreur, & fe ferment fur vne fauffe perfuafion, dont ils ne fortent iamais. Or l'on fçait

que l'opinion arreſtée ſe trouuant contraire aux ordonnances de l'Egliſe, & en matiere condamnée d'anathéme,
doit paſſer pour hereſie. Que
ſi quelqu'vn en doute, voicy quatre grands Peres de l'E-
gliſe qui le condamneront ca-
noniquement. Vous reconnoi-
ſtrez le dernier pour vous a-
uoir deſia parlé l'année paſſée,
au point de voſtre retraite,
ce fut lors que ie pris la har-
dieſſe de vous le preſenter, ſur
ce qu'ayant eu l'honneur de
vous faire la reuerence en cette Maiſon (où vous nous laiſ-
ſez vn gage precieux & viuant,
de la bien-veillance dont voſtre illuſtre famille a touſiours

honoré noſtre Compagnie, laquelle vous continuez & à
l'Ordre , & aux particuliers,
qui ont eu le bien d'eſtre employez aupres des voſtres,
& dont ie ſuis le plus inutile
à mon regret) i'appris de voſtre bouche , que les diſcours
du meſpris du monde , que
vous auiez deſia condamné
dans voſtre cœur , ne vous
eſtoient point deſagreables:
Dés lors ie pris le deſſein de
vous faire veoir ſainct Eucher,
que i'auois trouué fort puiſſant en cette matiere : & tandis que dura le petit trauail,
ie ne m'oubliay iamais de cette parole: laquelle i'euſſe peut
eſtre eſté tenté de faire ſçauoir

au public , si l'ouurage eust
esté quelque chose de plus
formé , mais sa petitesse m'en
empescha : ioint aussi que ie
pensois voir trop d'éloigne-
ment de ce mespris, auec l'esclat des grandeurs où ie vous
consideroi̇s en ce temps-là.
Maintenant qu'elles ne nous
esbbloüissent plus, ie le fais a-
uec plus de liberté : n'y ayant
personne qui puisse trouuer
mauuais que ie m'addresse à
vous sur vn subiet auquel vous
vous estes rendu si remarqua-
ble. Outre que ie ne me suis
peu defendre de vous tesmoi-
gner autant qu'il m'a esté possible l'extreme contentement
que i'ay ressenty de vous

veoir au feruice de noftre grand Maiftre : Et pour le faire auec plus de refpect , i'ay emprunté la plume de ces grands Saincts, que ie fupplie de tout mon cœur de s'employer deuant Dieu, pour vous obtenir l'accompliffement des graces que vous fouhaite,

MON TRES-REVEREND
PERE,

Voftre tres-humble &
tres-obeyffant ferui-
teur S. D.
IEAN CANAYE de la
Compagnie de IESVS.

ADVIS
SVR LA LETRE DE
SAINCT CYPRIAN
à Donat.

ETTE *letre vaut vn liure, & quelques-vns l'ont ainsi nom-mée. Toutesfois saint Augustin, & plusieurs autres apres luy, ne l'ont receuë que pour vne letre. Encore que son commencement, & sa fin, n'ayent rien du Bon-iour, & de l'Adieu, dont sainct Cyprian vse en ses*

A

letres. L'entrée fait voir que se
font pluftoft deux perfonnes qui
parlent enfemble, qu'elles ne s'ef-
criuent : & qu'il n'y peut auoir
de letre dans vn lieu, où deux
vifages fe voyent de fi prés que
font ceux-cy. Ce feroit neantmoins vne perte bien grande, fi
vn fi bon difcours eftoit demeuré dans l'oreille d'vn amy, fans
auoir efté conferué fur le papier,
pouuant feruir à tant de monde. Ceux qui en parlent le moins
fauorablement, ne l'accufent que
d'eftre trop embellie, & difent
que ce Sainct voulant effacer les
delicateffes du monde, n'y deuoit employer que le charbon :
& qu'il luy eft arriué comme à
ceux qui font paroiftre vne mai-

son qu'ils abbattent, par les pieces de son débris. Sainct Augustin a regret de voir tant de fleurs
dessus le tombeau du monde, &
monstre qu'il ne suit pas l'aduis de ceux qui mettent le point
de l'Eloquence en vne subtili-
té de paroles, & de pensées, qui
dérobent la grauité d'vn discours, que toutes les gentilleßes
du monde ne sçauroient recom_
penser. Outre que cet air s'éloi-
gne de la facilité dont la nature
nous enseigne à bien parler : ce
qu'elle fait auec vne Rhetorique
plus aysée, & qui ne tire rien de
l'esprit, par force. L'art du bien
dire ressemble à celuy du labou-
rage, qui ayde la terre à produire auec benefice, & non pas auec

A ij

4

des violences d'Empyrique, qui
ruinent vn corps pour en tirer
vne goute de baume.

Il eſt bon d'eſcrire vne fois de
cette maniere, afin de monſtrer à
ceux qui n'y reçoiuent point de
compagnons, qu'on s'en abſtient
par iugement, & non par inſuffi-
ſance. Noſtre autheur le fait ainſi, comme a remarqué ſainct Auguſtin. Et l'on peut dire, que s'il
s'eſt ſeruy de quelque trait trop
adoucy parlant à vn homme du
monde, qu'il ne l'a fait qu'en in-
tention de profiter, & pourtrai-
ter auec luy en termes qui luy
fuſſent plus connus que ceux de
la deuotion. Suiuant ce deſſein,
il s'eſt donné plus de liberté au
Latin, que ie n'en ay pris dans

le François , ayant coulé par deffus quelques mots , que ie n'ay
pas eftimé deuoir rendre com-
muns à tous. C'eft affez pour
mon excufe, AGATHON, que
vous les veillez ignorer par vertu , puis que cet ouurage eft particulierement pour vous. Ie ne
l'ay fait que pour vous donner
vn tableau du monde , où vous
reconnoiftrez , fi vous voulez ,
la place que vous y deuiez tenir. Il n'y aura pas faute de perfonnes qui fe prefentent pour la
remplir , mais ils n'en connoiffent
pas le danger comme vous. Toutes les fois que ie me le figure , ie
iuge qu'ils ont befoin de grand
fecours , & d'vn puiffant prefer-
uatif pour efchapper de la foule

de tant de gens qui portent la
peſte dans le cœur. Il eſt vray
qu'il n'eſt rien d'impoſſible à la
grace, mais il eſt également vray
que le monde s'ayde tres-mal de
ce remede. Or ſi le ſeul eſtre
exempt de mal, AGATHON,
fait vn bien, que beaucoup de
Philoſophes ont pris pour la felicité de l'homme: voyez ce que
vous deuez à Dieu au-deſſus de
ceſtuy-là, puis qu'il a fait, non
ſeulement que les maux qui ruinent le monde ne ſoient plus pour
vous : mais encore vous a donné
dés cette vie, le gouſt des contentemens du Ciel.   Ce ſont de
grandes obligations qui vous lient
eſtroitement à ſa bonté. Si vous
imitez le Sainct qui eſcriuit cet-

te letre , vous n'en demeurerez
pas ingrat. Au moins sçay-ie
bien que vous ne deuez pas apporter vn moindre effort que luy,
pour reconnoïstre ses faueurs,
puis que vostre fidelité y est autant engagée , ayant l'honneur de
seruir à vn mesme Maistre, &
pour les mesmes esperances du
Paradis.

A iiij

MOn cher Lecteur, ie suis contraint d'accuser ces Letres auant
que de vous prier de les lire. Les fautes
que vous rencontrerez en celle de S.
Cyprian, & en deux ou trois fueilles des
autres se peuuent excuser, par vn desir
trop prompt de vous seruir, qui ne m'a
pas laissé le temps de reuoir deux fois
les espreuues. I'ay corrigé quelques v-
nes des plus notables fautes à la main,
les autres attendent la vostre. Sur tout
ie vous prie de ne pardonner pas au
tiltre de la seconde Letre de sainct Hierosme, qui change Demetrias en Demetriade. Pour les orthographes, i'ay
disputé quelque temps auec l'Impri-
meur, mais en fin ie me suis rendu à la
plus commune façon d'escrire, encore
que peut estre elle ne soit pas la meilleure.

LETRE

DE S. CYPRIAN
A DONAT.

Ovs m'obligez (mon cher Donat) de me faire souuenir de ma promesse, encore que ie ne m'en sois pas oublié. Mais il est vray que ic ne pouuois trouuer vn temps plus propre pour m'en acquiter que cetuy-cy, puis que les vendanges nous le donnent si libre, & que l'esprit lassé du trauail de l'année se rafraichit maintenant par vn

droit commun de toutes les nations. Ioint auſſi que le lieu
nous y conuie auſſi bien que le
temps : la beauté des iardins
s'accordant auec la douceur de
l'air, qui eſt plus d'vne demi-
vie en cette derniere ſaiſon. On
ne peut nier que ce lieu ne ſoit
fait pour y paſſer le iour en diſcours, & pour y deuenir ſage,
& ſçauant, par vne docte & a-
greable conference. Et partant
de peur que quelqu'vn ne ſe
rende iuge de nos entretiens
ſãs en eſtre prié, ou que le bruit
de la maiſon ne nous interrom-
pe. Entrons ſouz ce berceau
qui ſemble n'auoir eſté pratiqué, que pour cacher ceux qui
ayment la retraite. Et en effet il

est couuert à la perfection, sa vigne y est tellement respanduë
dessus la treille, & sa verdure si
bien voutée, qu'elle fait vne ga-
lerie de fueilles tres-accomplie.

C'est icy qu'il faut que l'o-
reille serue à la langue, & que
tandis qu'elle receura de l'instruction, l'œil prenne le contentement des arbres, & des
vignes ! & que tandis qu'il se
resiöuit: elle s'abreuue de science, & de bons enseignemens.
Il semble neantmoins qu'il n'y
ait qu'elle d'ouuerte pour le
discours, & que vous vous oubliez de ces beautez, tant vous
tenez l'œil arresté dessus moy.
Ne s'est-il point changé en o-
reille ? I'ay subiet de le croire,

vous voyant fi attentif d'efprit
& de corps, à ce que vous attendez de moy. Mais ie dois
cela à voftre affection, qui me
contraignant de parler, me veut
aufli faire efcouter.

Toutesfois (mon bien aymé)
que puis-ie verfer dans ce precieux vaiffeau que vous me tenez fi ouuert. La foibleffe de
mon efprit me reduit à vne me-
diocrité fi iufte, que vous ne deuez attendre de moy que fort
peu de chofe. Ie le dis auec verité, & ne vous y trompez pas,
mon fonds n'eft pas de ces fortes terres, qui fe chargent de
beaucoup d'efpics. I'effairay
neantmoins de parler, puis que
vous le defirez ainfi. Le fubiet

meſeruira de Rhetorique. L'E-
loquence ne deſploye ſes richeſſes qu'au barreau , & aux aſ-
ſemblées publiques, où l'ambition s'eſchauffe : Mais quand il
eſt queſtion de parler de Dieu,
la ſincerité du diſcours n'emprunte rien de l'art: elle ſe tient
ſimplemét dans le ſubiet, que la
foy luy donne. C'eſt pourquoy
ie deſire vous entretenir de paroles plus fortes que belles , &
vous contenter de la naïfueté
d'vne pure verité propre pour
publier la miſericorde de Dieu,
ſans m'ayder de ces adouciſſe-
mens qui ne ſont bons qu'au
gouſt du peuple. Receuez donc
ce qui ſe ſent mieux , qu'il ne
s'apprend : & vne doctrine

dont l'abregé fe trouue en la grace.

Pour commencer, ie vous diray, que viuant, (fi vie fe doit nommer, que d'eftre dans vne obfcurité plus noire que l'ombre de la mort) & flottant dans l'incertitude du fiecle, fans fçauoir où i'eftois, ny où i'allois, & fans prendre iour de la verité. Ie ne pouuois me perfuader, que ce que la bonté de Dieu me promettoit fi liberalement pour mon falut, peuft arriuer. L'eftat déplorable où ie me trouuois m'empefchoit de croire qu'vne perfonne peuft renaiftre, & que pour eftre plongée dans l'eau du Baptefme, & pour entrer dans vn autre element,

elle vefcuft d'vne nouuelle forte de vie : ou, que fans dénoüer
l'ame d'auec le corps, vne alteration fi legere, nous fift changer de nature. Comment eft-il
poffible, difois-ie, que ce changement fe faffe, & que l'on perde en vn moment ce qui eft né
auec nous ? ce que la nature a
fait durcir auec nos os, & ce
qu'elle a gliffé dans nos moüel-
les, ou ce qui s'y eft attaché, par
de longues habitudes ? A n'en
point mentir fe font des racines
qui defcendent trop auant dans
nos ames, pour en eftre arra-
chées bien ayfément. Qu'on me
die le moyen d'enfeigner la fo-
brieté à celuy qui a dequoy entretenir les excez de fa bouche,

& qui les a fait paſſer en ordinaire? Qui peut croire que celuy qui ſe mire dans la dorure
de ſes habits, & qui va couuert comme vn Roy de theatre,
deſcende franchement de l'eſ-
chafaut, pour ſe meſler auec la
foule du peuple qui le regardoit en ſon luſtre. N'eſt-il pas
vray que celuy qui s'eſt touſiours nourry de vent, ne doit
pas viure dedans vn air renfer-
mé? Et que celuy qui s'eſt accouſtumé à marcher en troupe, penſe eſtre en priſon quand
il eſt ſeul? il ne ſe peut faire autrement. Et que celuy qui a
vieilly dans ſes ayſes, & qui
s'eſt accouſtumé au vin ne ſouſ-
tienne vne ſanté, quand il en
                            trouuera

trouuera à fon gouft. Il eft impoffible que les reftes de fa vanité ne l'enflent quelquesfois,
que fa colere ne fe ralume, &
que l'auarice ne le tente, que la
cruauté ne l'échauffe, que l'ambition ne le foufleue, & la dé-
bauche ne le precipite. Voyla
le difcours dont fouuent i'ay
pris plaifir à me tromper, dautant que, comme i'eftois tellement enfoncé dans la bourbe,
que ie ne penfois plus à m'en
retirer, ie flatois mon mal, &
ne pouuant efperer mieux, i'a-
priuoifois mes vices, afin de ne
les auoir pas ennemis, & taf-
chois de les naturalifer, pour me
voir obligé à les aymer.

Mais depuis que l'eau du

Baptefme eut feruy d'vne eau
de départ à mon cœur, empor-
tant les ordures de ma vie paf-
fée qui le chargeoient, & qu'vn
rayon tombant d'enhaut l'eut
penetré; aprés, dis-ie, auoir receu du Ciel vne feconde ame,
(c'eft le nom que ie dois à la
grace de mon Baptefme,) &
que par cette feconde naiffan-
ce, ie fus deuenu vn nouuel
homme. En mefme temps ce
qui branloit, fe raffermit : ce qui
fembloit le plus ferré, s'ouurit
de foy-mefme : çe qu'il y auoit
d'obfcur, s'efclaircit : mes difficultez fe changerent en puiffan-
ces, l'impoffible me deuint fai-
fable : en forte que l'on pouuoit
ayfément reconnoiftre, que ce

qui eſtoit né ſubiet à tant de miſeres, les tenoit de la fragilité de
la chair : & que les nouueaux
mouuemens d'vn eſprit ſainct
qui agiſſoit en mō interieur, ve-
noient de Dieu. Ie ne vous dis
rien, que vous ne cōnoſſiez auſſi
biē que moy; vous ſçauez, diſ-ie,
ce que m'oſta cette mort des vices, & ce que me donna cette
meſme vie des vertus. Ie n'en
parle point par vanité, il me ſie-
roit mal de m'en donner de la
gloire. Ce qui ſe donne à Dieu
ſans le détourner à l'homme, eſt
pluſtoſt vne iuſte reconnoiſſan-
ce de ſes bienfaits, qu'vne van-
terie de noſtre part : & puis
qu'on accuſe iuſtement noſtre
foibleſſe du paſſé, s'il y a main-

tenãt quelque chofe de mieux,
l'honneur en eft deu à la foy,
comme à fon principe. C'eft de
Dieu de qui dépend noftre
tout; de luy, nous tirons la vie;
de luy, la force, & le courage. Et
par l'affiftance de fa grace, dés
ce monde nous découurons le
fecret de la vie future. Mais ce
precieux threfor d'innocence
nous doit mettre en apprehenfion de le perdre : efforçons
nous donc de le retenir auec les
bras & les mains, c'eft à dire, a-
uec nos actions loüables, qui
feules font capables d'arrefter
ce puiffant hofte qui s'eft logé
dans nos ames, par vne faueur
particuliere. Prenons garde
que le grand repos qu'il nous

donne, ne ſerue pas à nous endormir, de peur que noſtre ancien ennemy ne s'empare de la
place qu'il auoit abandonnée.
Que ſi vous vous maintenez en
poſſeſſion de cette innocence,
ſans broncher dans le chemin
de la vertu, ſi vous bandez toutes vos forces pour vous éleuer
à Dieu, continuant d'eſtre ce
que vous auez ſi bien commencé ; autant que vous gagnerez
de grace, autant acquerrez-
vous de puiſſance & de liberté. Dautant que les faueurs du
Ciel ne ſont pas bornées comme celles de la terre : la veine
en eſt bien plus riche, & elle ne
coule pas pour fuir, mais pour
ſe dégorger & ſe reſpandre par

B iij

deſſus ſes bords, & ſes riuages:
ſeulement que noſtre cœur en
ſoit alteré, & qu'il s'ouure, la
grace y entrant le remplira de
toute l'eſtenduë de noſtre foy.
Et de cette ſource, à l'ayde d'v-
ne ſorbre continence, & d'vn
eſprit qui ne ſe laiſſe point en-
tamer, d'vne parole pure &
ſainĉte, & d'vne vertu parfaite, l'on eſteint le venim qui
pourrit encore dans nos vieilles bleſſures. Cette eau eſclair-
cit l'eſprit troublé, elle rend la
paix à ceux qui ſont inquietés,
elle rameine doucement au
point de la raiſon, ceux que la
paſſion en a eſloignez. C'eſt
d'elle que vient la force qui
nous rend maiſtres de ces eſprits

vagabonds, qui ne s'arreſtent
que dans nos corps. Là ils ſe
laiſſent forcer par nos menaces, & viennent à décourir ce
qu'ils ſont, & ſe trouuent contrains par la puiſſance de nos
paroles de vuider la place. S'ils
s'opiniaſtrent, ce n'eſt pas qu'ils
y profitent. Ils ſe deſeperent, &
ſe plaignent dequoy nous faiſ-
ſons redoubler leurs peines, &
crient que nous les déchirons à
coups de foüets, & que nous les
faiſons bruſler peu à peu, non
pas toutesfois à petit feu. Ils teſ-
moignent aſſez par leurs heur-
lemens qu'ils reçoiuent de la
douleur, encore qu'on n'en
voye pas la cauſe. Le coup eſt
inuiſible, mais la playe parle.

B iiij

Et ce nouueau changement eſt
vn effect de l'eſprit que nous
auons receu qui exerce ſes pouuoirs. Que ſi la figure de nos
corps paroiſt apres le Bapteſme,
telle qu'elle eſtoit auparauant,
ce n'eſt qu'à vn œil de chair,
qui eſt chargé des vapeurs de
la terre, & ne void pas la force de cét eſprit, duquel l'on ne
peut aſſez admirer la puiſſance. O Dieu quel heur, d'eſtre
non ſeulement détaché du
monde, & hors du danger de
ſon infection, de viure dans v-
ne innocence qui triomphe de
l'impureté de ſon ennemy:
mais encore d'auoir acquis vn
plein pouuoir ſur tous les eſca-
drons de l'Enfer. Or afin que

vous ouurant les veritez, les marques des faueurs de Dieu en paroiffent plus vifibles, ie defire vous donner du iour, & diffiper les tenebres dont nous nous laiffons aueugler volontairement. Ce fera pour vous faire reconnoiftre les pieges les plus cachez de ce monde. Pour les mieux voir, figurez-vous que vous eftes affis fur le haut d'vne montagne, de laquelle vous regardez ce qui fe paffe deffous vos pieds.

Découurant donc toute la campagne voyez en feureté, & comme vous feriez d'vn bord, les tempeftes qui renuerfent ce grand monde. Ie m'affeure que vous en aurez pitié, & que vous

en voyant deliuré, vous beni-
rez Dieu auec plus de resenti-
ment, de ce qu'il vous a tiré des
dangers qui s'y rencontrent.

Les chemins sont les pre-
miers qui se presentent à vos
yeux, mais peut estre que les
larrons vous empeschent de
les voir, tant il s'en trouue en
tous endroits. Les mers sont
pleines de pirates qui portent
la tourmente par tout: & dans
la pleine de ces deux elements,
les batailles se donnent de tous
costez. Les hommes ennemis
des hommes ne se peuuent accorder qu'apres la mort: il n'y a
que leur sang qui se mesle ensé-
ble pour faire rougir la terre
de leur crime. N'admire-t'on

point que l'homicide de seul
à seul, soit vne offense : & que
commis par des nations toutes entieres, il passe pour vertu heroïque. De façon que ce
n'est plus l'innocence , mais le
seul excez d'vn forfait , qui de-
liure de la peine. Voyla les ro-
ses de la campagne. Tournez-
vous maintenant deuers les villes , & vous y verrez vne compagnie mille fois plus des-a-
greable que les deserts les plus
afreux.

Icy l'on prepare vn combat
de gladiateurs pour repaistre
des yeux plus insatiables que
la gueule des lyons. La cruauté en est monstrueuse estant
deuenuë delicate , d'où arriue

que l'on n'eſpargne rien pour
engraiſſer ces malheureuſes victimes. Il faut choiſir des hommes qui ſoient non ſeulement
forts, mais bien nourris : & qui
ayent le corps plein de muſcles,
& en meilleur eſtat pour mourir, qu'il n'eſt neceſſaire pour
viure, afin que leur mort ſoit
pluſtoſt regretée par la perte de
la deſpence, que par celle de
leur vie. Eſt-il bien poſſible
que pour perdre vne heure de
temps, vn homme face perdre
la vie à ſon ſemblable ? Et que
l'on paſſe maiſtre à bien tuer,
que l'on s'y exerce, & que le
meurtre ſoit deuenu vne ſcience ? L'on ne ſe contente plus
d'oſter la vie, ſi on n'enſei-

gne la façon de le faire infalli-
blement. Que peut-il y auoir de
plus cruel & de plus inhumain
que l'efcole où l'on apprend la
cruauté : & de plus honteux,
que la gloire qui fe donne pour
vne action fi mefchante. Mais
quelle rage volontaire en pouffe d'autres à fe donner en proye
à des lyons fans y eftre condamnez: de ieunes gens, gail-
lards, bien faits, bien couuerts,
vont à cette mort comme aux
nopces : & par vn excez de mal-
heur fe glorifient de leurs miferes. Ils combattent les Tygres,
plus par humeur que par contrainte. Cependant les Peres fe
donnent la patience de regarder leurs enfans dans ces exerci-

ces. Le frere difpute fa vie pour
donner du contentement à fa
fœur. Et bien que la defpence
de ces ieux foit exceffiue, le mal-
heur porte ; que la mere la fait
gayemét pour affifter à fa perte.
Iugez maintenant fi dans la brutalité de ces fpectacles, les yeux
ne font pas coulpables dautant
de paricides, que de regards.

Apres ces excez, regardez
les Theatres qui font des mi-
roüers du monde : le mal n'y eft
pas moindre que dans les bar-
rieres des combats. Vous n'y
verrez rien qui ne vous donne
de l'horreur, ou de la honte. La
Tragedie raconte glorieufemét
les plus furieufes actions de
l'antiquité. Les parricides & les

incestes remplissent les yeux &
les esprits des regardans , de
leurs anciennes abominations :
& l'on s'éforce de faire que les
representations ne soyent pas
moins execrables que les premieres actions, de peur que de
si beaux exemples ne meurent.
L'on apprend à toute sorte d'â-
ge , & de sexe , que ce que les
autres ont fait , ne leur doit pas
estre impossible. Le temps n'efface plus les crimes, l'oublian-
ce ne leur sert plus d'abolition.
Ce qui estoit vne meschance-
té detestable , deuient exemple. D'autresfois on s'entretient
à la Comedie , c'est à dire à
l'escole d'impureté, où l'on reconnoist ce qui se pratique dans

les maiſons, & bien ſouuent
on y apprend quelque nouuelle leçon de malice. Les yeux
s'inſtruiſent à l'adultere, & l'authorité publique qui le permet,
ou y inuite, fait vn infame meſtier, eſtant cauſe que celle qui
y eſtoit venuë auec ſon honneur, bien ſouuent luy a laiſſé
auant que d'en partir. O peſte
des bonnes mœurs! Y a-t'il de
plus grands apats pour le vice,
ou rien qui fomente l'impureté
comme les geſtes & l'effron-
terie d'vn Comedien? N'eſt-
ce pas vne honte extreme d'a-
uoir trouué en dépit de toutes les loix de la nature, vne
cruelle inuention de volupté,
pour rendre vn homme moins

que

que femme, & apres luy auoir
rauy l'honneur de son corps &
de son sexe, le voir amolir la
force de son courage par mille
sortes de saletez. Et, qui pis est,
l'on fauorise son crime, & tant
plus il s'abandonne, tant plus
en est-il estimé. O Dieu quelle
horreur, que non seulement on
le souffre, mais encore qu'on
se plaise à le regarder! Et que
peut persuader vn tel Orateur?
ou plustost que ne peut-il pas
sur ses auditeurs? Il les touche du moindre de ses mouue-
mens iusques au cœur, ils n'ont
passion qu'il ne réueille: il force enfin les consciences les plus
entieres, & les plus resoluës au
bien. Et pour donner credit à

C

cét infame plaifir, ils nous re-
prefentét vne Venus, vn Mars,
& vn Iupiter plus grand en vices qu'en pouuoir, de qui les
foudres ne font alumez que de
flammes impudiques, & luy
mefme en eft fi embrafé, qu'il
s'en eft laiffé fondre, & a degou-
té en rofée d'or. L'amour en a
fait vn ioüet, & luy ayant prefté
fes aifles l'a remplumé comme
vn oyfon. Mais auffi le mefme
amour luy a feruy d'oifeau de
proye, pour voler l'honneur &
la beauté d'vn âge innocent.
Et demandez maintenant fi
ceux qui viuent dans ce des-
honneur peuuent fe nommer
honneftes. Ils imitent les Dieux
qu'ils adorent, & par le dernier

de tous les malheurs, ils font
contraints de dreſſer des autels
au vice.

Que ſi de voſtre donjon vous
pouuiez découurir le ſecret des
chambres, & perçant les portes
& les murailles, ſi vos yeux ſe
pouuoient rendre teſmoins de
ce qui ſe paſſe dans les cabinets,
vous y verriez ce que le viſage
d'vn homme de bien ne peut
ſouffrir. Vous y verriez ce qu'on
ne peut voir ſans offenſe; & les
excez où ſe porte la rage d'vne
paſſion abrutie, qui ſont tels,
qu'on ne les peut pas aduoüer
quand ils ſont faits. Des ordures qui n'ont point de nom, &
qui ne ſçauroient plaire à ceux
meſme qui s'en ſaliſſent. Et que

l'on me tienne pour men-
teur, fi celuy qui eft le plus ar-
dent en fes defbauches, n'eft
le premier à les reprocher aux
autres. Vn vilain defcrie fon
femblable, & penfe eftre ab-
fous, pour n'auoir point d'autres tefmoins de fes débordе-
mens que fa confcience, qui
n'eft que trop forte, puis qu'elle eft irreprochable. Malheureux qui accufent en public,
& en priué font criminels:
qui iugent dehors, & dedans
font les premiers à l'offenfe: qui
commettent fans difficulté, ce
qu'ils condamnent fans mifericorde. Adiouftant l'éfronterie
à la malice, qui eft vne forte
d'impudence, qui n'appartient

qu'aux impudiques. En fuite
de fi malheureufes actions ne
vous eftonnez plus de ce que
leur bouche infecte peut vo-
mir, les paroles ne font que les
ombres des effects.

Peut-eftre qu'apres vous a-
uoir fait voir les chemins pleins
de larrons, les Campagnes de
combats, les Theatres de ieux
cruels, ou lafcifs, apres les ordures honteufement communes
à tous, ou bien cachées dedans
le particulier des maifons, peut-
eftre, dif-je, que vous trouuerez le palais plus innocent, puis
qu'il eft vn afyle contre l'iniure,
& que fon nom doit efpouuan-
ter les mefchans. C'eft neantmoins ce que ie n'oferois vous

prier de regarder, tant toutes
chofes y font beaucoup pires
qu'ailleurs, & n'y a rien qui ne
vous contraigne d'en détourner la veuë auec de l'abo-
mination. Les loix y font
grauées dedans le bronze des
douze tables, ne plus ne moins
que fi elles eftoient efcrites fur
l'eau: Elles font expofées en public, & parlent à tous, fans eftre
oüyes de pas vn. Se sôt des images mortes du Droict: l'iniufti-
ce fe commet deffus, & dehors
le Code. Et n'efperez pas qu'on
efpargne l'innocence au lieu où
l'on fait mine de la defendre.
C'eft vne rage que la difpute
des playdeurs, ils font la guerre
en robe longue, & leur bruit

fait bien iuger qu'ils combattent pluftoft à la barriere, qu'au
barreau. Auffi les armes n'en
font pas bien efloignées, la lan-
ce, l'efpée, la main d'vn homme plus cruel que le fer, dont
elle eft armée , les ongles qui
feruent à defchirer, le cheualet
à déboiter, le feu pour brufler;
bref pour vn corps, plus de fup-
plices qu'il n'a de membres. Et
qui penfez vous trouuer dans
cette confufion qui prenne
foing de voftre droit. Vn Ad-
uocat pratiqué , qui s'entend
auec vos parties. Vn Iuge qui
trafique de fes fentences, & qui
commet ce qu'il doit punir aux
autres. Qui deuient luy-mefme criminel, pour rendre l'in-

nocent coulpable: de quelque
cofté que vous regardiez, l'in-
iuftice embrafe tout , & fon
poifon fe refpandant fur des a-
mes dangereufes, produit mille
fortes de mauuais effets. L'vn
fuppofe vn teftamét, l'autre vn
faux feing mefme au peril de fa
vie. Icy on rauit le bien aux or-
phelins, là on le donne à qui iamais il n'appartint. Tantoft vn
ennemy vous dreffe vne partie,
vn denonciateur forge vne calomnie contre vous , vn faux
tefmoin attaque voftre honneur, l'impudence d'vne bouche proftituée , qui s'achete à
pris d'argent controuue mille
faux faits en toute forte d'affaires, & fouuent accable l'in-

nocent, fans que le coulpable
s'enfente. Les loix ne font plus
de peur: Vn Iuge criminel n'effroye plus: Ce qui peut s'ache-
pter, ne fe peut craindre. La
multitude des complices fait
que les crimes ne font plus fubiets à la peine: & n'eftre pas de
la troupe, c'eft vne efpece de
blafme. Les loix côfentent auec
les fautes, & pour eftre deuenuës publiques, elles font de-
uenües licites. Apres cela demandez où eft la honte? Et où
eft l'integrité? Qui peut condamner les coulpables? puis que
tous ceux qui fe rencontrent
là, font gents à qui on deuroit
faire le procez.

Mais peut-eftre croira-t'on

que ie ne vous fais voir à deffein dedans le monde , que ce
qui vous y peut offenfer: Ie defire donc que vous voyez quels
fontles biens dont il fe vante(l'i-
gnorance du vulgaire fait que
ie les appelle ainfi) encore qu'ils
vous doiuent bien toft laffer.
Veu que ce que l'on prend pour
honneur, n'eft rien moins que
ce qu'on le nomme. Les ba-
ftons des Exempts, les baguet-
tes des Huiffiers, l'affluence de
toute chofe, qui fuit les richeffes. Le commandement dans
les armées , l'efclat d'vne robe
de Magiftrat, la liberté de pouuoir tout, & de tout faire, qui
eft le plus beau domaine des
Roys, ne font à vray dire qu'v-

ne belle mort, vn embraſſe-
ment qui vous eſtouffe, vn ha-
meçon doré,&vne malice rian-
te, qui ne couure le danger que
pour le rendre ineuitable. C'eſt
comme qui vous preſenteroit
vne hydromele empoiſonnée,
qui paſſe pour vn doux breu-
uage, mais elle n'eſt pas dans
l'eſtomac que les effets mortels en découurent la maligni-
té.

Qu'ainſi ne ſoit, regardez
moy celuy dont l'eſclat tire à
ſoy les yeux du monde, il s'ima-
gine qu'il fait vn nouueau iour,
des rayons de ſon drap d'or;
mais ſçauez vous bien que cette fleur ſort d'vn fumier? & que
cét honneur pretendu, luy cou-

ste toute sortes de soumissions.
Combien luy a-t'il fallu essuyer
d'affronts, & de mespris d'vn
plus glorieux que luy pour y
arriuer ? Combien a-t'il employé de mauuaises heures à se
trouuer au leuer des Grands?
Combien de fois leur a-t'il fait
faire place sans en trouuer d'autre pour soy, que dans la presse
des suiuants? & ce, pour se voir
en fin courtisé comme les autres, d'vn monde qui respecte
la qualité, & mesprise la personne. Veu, qu'en effet, ce ne
sont nullement ses mœurs,
mais ses Huissiers qui obligent
à l'honnorer. Aussi voyez-vous
à quoy aboutit cette pompe,
quand le flateur qui sert au

temps l'a laiffé feul à l'ombre
de fon manteau, au lieu de celle de fes Gentils-hommes, qui
le couuroient de tous coftez.
C'eft pour lors que les playes de
fa maifon déchirée commencent à luy cuire, & que les pertes qui luy a fallu neceffairement faire pour gaigner la faueur d'vn peuple inconftant fe
font fentir. O que de vains fou-
pirs! & que de biens confom-
mez, pour acheter ce qu'il n'a
pas! & qui n'eft en fomme que
le bruit, & l'opinion d'vne po-
pulace eftourdie. N'eft-ce pas
vne fole dépenfe de rechercher
auec vn paffe-temps de theatre
qui finit en vn clein d'œil, ce
qui ne peut demeurer au peu-

ple qui le reçoit, ny à celuy qui
fait les frais. Quant à ceux que
vous estimez le plus à leur ayse,
& dont les conquestes s'esten-
dent iusques sur leurs voysins,
qui gagnent, non pas pied à
pied, mais lieuë à lieuë, & en-
gloutissent l'heritage de la vefue & de l'orphelin, à qui les bornes sont autant de pierres d'a-
chopement, & qui ne trouuent
fin ny commencement au rond
de la terre. Qui moissonnent
l'or & l'argent qu'ils entassent si
haut, que les pieces de dessous
ployent souz celles de dessus:
neantmoins pour puissans qu'ils
soient, ils ne sçauroient trouuer
vne heure de vray repos. L'inquietude, qui venge le pauure

despoüillé , les deuore iour &
nuit. Tantost ils font en apprehenfion du voleur , & tantoft
du meurtrier , ou bien que l'enuie d'vn plus puiffant qu'eux,
armée de calomnie , ne leur
fufcite vn procez pour les troubler dans la poffeffion de leur
bien mal acquis. Ils ne mangent
& ne dorment iamais qu'en
trance. Ils fouspirent au milieu
des feftins , ils font trembler le
mufcat dãs les agathes, & apres
s'eftre chargez de viandes, s'ils
s'enfoncent dans le duuet , ils
font contraints d'y veiller auffi
bien que les oyfeaux dedans
leur plume. Malheureux qu'ils
font , encore ne peuuent-ils
comprendre que le feu pour

estre luisant ne laisse pas de cuire: & qu'ils sont liez de chaisnes d'or : & sont plustost possedez par les richesses, qu'ils ne les possedent. O detestable aueuglement ! & espouuantables tenebres de ces esprits noircis d'auarice , se pouuans soulager de leur fardeau, ils font ce qu'ils peuuent pour se charger dauantage, & si ils pouuoient, de la roüe toute entiere de la fortune , qui seruiroit d'instrument pour leur supplice. Au reste attachez de corps & d'esprit si fortement à leurs thresors, qu'ils mourroient plustost de mille morts, que d'en donner à leurs proches, beaucoup moins d'en partager le fruict auec les

pauures.

pauures. Et toutesfois ils veulent qu'on croye que ces richeffes qu'ils tiennent fi foigneufement fous clef, & qu'ils gar-
dent comme vn depoft, leur
appartiennent, encore qu'ils
n'en tirent aucun fecours pour
leurs amis, ny pour leurs enfãs,
ny pour euxmefmes. Biés qu'ils
n'occupent que de peur qu'vn
autre s'en ayde. O Dieu quel a-
bus ! & quelle corruption de
langage ! de nommer biens ce
qui ne fert qu'à de tres-mauuais
vfages. Mais que penfez vous de
ceux qui portent le diademe,
& la thiare ? eftimez vous que
pour auoir plus que les autres,
ils en ioüyffent plus paifible-
ment ? La gloire de leur cour,

D

& les corſelets de leurs gardes, ne les arment pas contre la
crainte. Non, non, il n'y a point
d'apprehenſion dedans le peuple, pareille à celle qui les ſerre.
Force leur eſt de craindre, auſſi
bien que d'eſtre craints. Leur
ſouueraineté leue ſe tribut deſſus eux meſmes, & n'y a force
quelconque qui les en puiſſe af-
franchir. Qui donne de la ter-
reur, en reçoit. Eux-meſmes
ont peur de leur puiſſance cõ-
me les autres. Ils en cognoiſ-
ſent la nature, & ſçauent qu'elle les flate pour les attraper: leur
rit, pour les ſurprendre : & les
appaſte pour les tromper. Les
grandeurs ſont vſurieres, elles
reçoiuent beaucoup de mal

pour l'intereſt d'vn peu d'eſclat qu'elles nous preſtent.

Il n'y a donc qu'vn vray repos, & qu'vn calme d'vne eternelle aſſeuráce, qui eſt qu'apres
auoir eſchappé des tourmen-
tes de ce ſiecle, & s'eſtre ietté
dedans le haure de ſalut, de leuer les yeux au Ciel, où Dieu
nous apele pour nous approcher de ſoy : Et en cét eſtat,
triompher de toutes les choſes
de la terre, & les tenir glorieu-
ſement deſſous les pieds. Comment peut-on s'empreſſer pour
les folies de ce monde, eſtás ſans
comparaiſon plus grandes que
luy? Que ne ſe meſure t'on pluſtoſt auec le Ciel, dont le ſecours
eſt vne defenſe inuincible, &

D ij

qui pare contre toute forte de
violence? O Dieu que de biens
dedans ce bien! de fe fétir depé-
tré des liés d'vne cruelle vanité,
& apres auoir fecoüé la terre
qui nous charge & nous falit,
fe voir tout brillant des rayons
d'vne lumiere eternelle. Et s'en
plaigne fi bon luy femble l'ennemy, qui nous a jadis fait fentir les rufes de fon ancienne
malice, il n'aydera qu'à nous
faire aymer dauantage l'eftat
auquel nous afpirons, par le
defplaifir que nous aurons de ce
que nous auons jadis efté. Or
pour arriuer à ce bien, il n'eft
nullement befoin de defpences,
ny de brigues, ou d'échafau-
der pour faire paroiftre vn co-

loſſe de vanité, & vne puiſſance
artificielle plus grãde que celuy
qui la ſouſtient. C'eſt vne pure
grace de Dieu, & vn preſent de
ſa liberalité, nõ malaiſé à impe-
trer, veu que ſi le Soleil eſclate,
le iour eſclaire, les ſources coulent, & la pluye moüille: l'eſprit
de Dieu ne s'empare pas moins
naturellement de nos cœurs,
principalement depuis que l'a-
me a regardé le Ciel comme
ſon principe, & s'eſtant ſoule-
uée de terre, & guindée au
deſſus de tout ce qui s'y void,
commence d'eſtre ce qu'elle
auoit creu deuoir eſtre, & ioint
à la foy l'experience. Quant à
vous qui eſtes déſ-ja enrolé
dans ces bandes du Ciel, con-

D iij

seruez vous sainctement en
la rigueur d'vne discipline re-
guliere. Entretenez vous con-
tinuellement à la lecture, ou à
la priere; parlez à Dieu, ou que
Dieu vous parle, qu'il vous enseigne, qu'il vous gouuerne:
n'atendez bien que de luy, quiconque est riche de sa main,
n'est iamais pauure. Et depuis
que le Ciel vous aura remply,
les incommoditez n'auront
garde de loger chez vous. Délors vous commencerez à mé-
priser les pauez de marbre, &
de iaspe, & les murailles qui re-
luisent de l'or des plat-fonds;
depuis que vous-vous serez
persuadé qu'il vaut mieux penser à soy-mesme, & aux embe-

lissemens de son ame, qu'à ceux
d'vne massonerie de bouë; &
que vostre principale demeure,
& dont vous deuez faire le plus
d'estat, doit estre celle que Dieu
luy mesme a choisie pour son
temple, & dans laquelle son
sainct Esprit daigne loger. Il
faut blanchir ceste maison d'innocence, & la dorer d'vne iustice Chrestienne, c'est à dire
d'amour de Dieu, & du prochain. N'apprehendons point
que le temps la mine, ou qu'il
ternisse l'esclat de sa blancheur,
& de son or. Les déguisemens
empruntez se démentent ayse-
ment, veu qu'il n'est pas possible de tenir à perpetuité, vn
fond, qui n'est qu'en peinture.

7. *de S. Iean*
chap. 2.

dez-vous bien d'aymer le monde : qui est comme s'il nous
disoit, Rendez-luy le mal
pour le mal ; hayne pour hayne, & du mespris pour son
mespris. Sainct Paul en vsoit
ainsi, & disoit parlant du mon-

Aux Gala-
tes chap. 6.

de; *Il me traite de pendart, &*
moy luy : s'il me hayt, ie ne
l'ayme pas : & s'il me mesprise,
ie n'en fais pas moins de luy.
C'est tout ce qu'il merite de
nous : car l'on peut dire auec
verité, que nous auons moins
de subiet d'auoir de l'auersion
des demons, qui sont ennemis
de Dieu & des hommes, que
de luy : dautant que ses coups
sont plus ineuitables que ceux
de l'Enfer : veu qu'il s'ayde du

corps & de l'esprit, qui sont
plus puissans ensemble que
l'esprit seul. Et ne sert de rien
de dire, que l'vn est inuisible,
& l'autre non : puis qu'en ce
combat l'effort va contre le
corps, qui ne se prend que par
les sens. C'est pourquoy l'esprit malin se défiant de ses forces, quand il veut tenter les
hommes, en emprunte la figure : & nous esprouuons nous
mesmes des remedes efficaces
contre les suggestions de l'esprit, qui sont foibles pour ré-
sister aux compagnies, & aux
attaques visibles, desquelles on ne se peut défaire sans
aydes sensibles, & sans secours, dont l'action touche le

ADVIS
SVR LA LETRE
DE S. HIEROSME
à Heliodore.

'AMITIE' *de S. Hierofme & d'Heliodore fut fi parfaite, qu'on peut dire qu'ils ne fe* cogneurent iamais fans s'aymer. *Les eftudes qu'ils firent enfemble, particulierement en Rhetorique, feruirent grandement à les bien lier. Ils eftoient tous deux de bon lieu, efgaux d'âge, & auoient dequoy fe faire aymer &*

respecter l'vn de l'autre, (il n'est
point d'amitié durable sans ce ci-
ment.) les sentimens qu'ils a-
uoient de l'eternité, les frappe-
rent si viuement, que de peur de
la hazarder dedans le monde,
ils delibererent de s'en esloigner.
Vn secret dans l'amitié, est vne
offense. Ils se voyent dont là dessus, & se parlent. Ce ne fut pas
sans admirer les voyes de Dieu,
qui rendoit leur amitié saincte & parfaicte. On peut croire
de la bonté de leurs naturels, que
cét entretien ne se passa pas sans
quelques larmes, & peut estre
sans embrassemens, qui conclu-
rent le marché. La resolution prise, ils se mettent en deuoir de l'e-
xecuter, & pour cét effet se reti-

rent au desert qui est entre l'A-
rabie & la Syrie. Heliodore em-
porta auec soy de grandes pre-
tensions sur le bien qui le regardoit, & des tendresses trop sensibles pour les siens. Ce fut ce qui
seruit de leuain pour le dégouter
de la solitude. Il prit neantmoins
son pretexte sur la mort de son
Beau frere qui l'obligeoit à auoir
soin de sa sœur, qui estoit vne
ieune vefue; & de la petite creature que Dieu luy auoit donnée
de son mariage, (qui fut le neueu dont il parle en sa letre.) C'e-
stoient des deuoirs de nature, que
sa foiblesse luy fist trouuer indis-
pensables. Au reste il se prome-
toit d'apporter vn tel ordre en
cette affaire, que la Mere de-

meurant dans son vefuage, il
disposeroit le fils à le suiure. L'excuse estoit assez belle pour con-
urir vne lascheté. Sa visée neantmoins aloit plus loing, & ie ne
sçay si délors il ne pensoit point
à l'Euesché où depuis il arriua.
Tant y-a, que sainct Hierosme
l'entreprend sur ce changement,
& s'éforce de le remettre dans
ses premieres resolutions, auec
vn discours dont le principal artifice consiste en l'affection qui
l'anime, au iugement qu'il auoit
fait de la vanité du monde quãd
il la quitta. Au boüillon de l'â-
ge où il entroit, & à des restes
d'eloquence quil ne pouuoit oublier, & qui se presentoient d'eux
mesmes à luy, sans estre recher-

chez, pour le feruir à l'occafion.
C'eftoit affez pour enflammer
vn efprit moins tiede que celuy
d'Heliodore: mais pour luy, cette batterie fut fans effet. Ce que
le Sainct impute par humilité à
fes propres manquemens, s'accu-
fant d'auoir chaffé fon compa-
gnon du defert, par fes mauuais
deportemens.

Mais peut eftre que la letre
n'eftoit pas efcrite pour luy,
& qu'il ne l'auoit pas meritée.
Il fe peut faire auffi que Dieu
l'a referuée pour quelque autre qui en doit eftre touché.
Il y a bien plus d'vn Heliodore; il n'eft pas feul qui fe foit re-
lafché dans vn fi glorieux deffein. Ceux qui ont part à fon ir-

resolution, en peuuent lire les re-
proches sans rougir, puis qu'elles
ne s'adressent à eux que sous le
nom d'vn incogneu. Neantmoins
qu'ils se souuiennent que c'est vn
Sainct qui parle, & qu'il le fait
auec les mesmes veritez, & le
mesme esprit, dont maintenant
il leur escriroit du Paradis.

LETRE
DE S. HIEROSME
A HELIODORE.

SI tu escoute ton cœur, qui n'est qu'vne mesme chose auec le mié, il te dira de quelle affection i'ay desiré de viure auec toy dans le desert. Et depuis que tu en es sorty, de combien de regrets ie t'ay suiuy, & de quelles larmes i'ay pleuré cette retraite. Ces letres qui en sont encore toutes trempées,

ou

oueffacées, t'en feront foy. Ce
pendant tu as fait l'enfant & le
delicat, nouriſſant dans tes mignardiſes le meſpris de mes
prieres.

Ie me fuſſe teu volontiers,
mais ce que ie deſirois auec paſſion ſortoit de ſoy meſme ſans
le pouuoir retenir. Ie penſois
deſ-ja à de nouuelles recher-
ches, & à retourner aux prieres, mais vous n'eſtiez pas diſ-
poſé à les eſcouter parlant d'vn
langage d'amour, auquel vous
auez renoncé ſi ſolennelement.
Neantmoins ce meſme amour,
indignement oublié, vous va
chercher quelque part où
vous ſoyez ; n'ayant peu vous
retenir auprés de ſoy, il faut

E

qu'il faſſe encore vn dernier
effort.

Veu principalement qu'en
nous ſeparant, vous me priaſtes
de vous eſcrire quand ie ſerois
entré au deſert, pour vous y
inuiter, ie m'en acquite donc
par celle-cy. Venez-y mon
cher Heliodore. Venez-y ? Ie
vous en coniure, haſtez vous?
mais ſans vous charger de vos
anciennes connoiſſances : la ſolitude ne demande que vous.
La difficulté de cét ancien pe-
lerinage ne vous doit point
eſtonner, vous croyez en I E S V S
CHRIST, croyez donc en ſes
En ſainct paroles. *Cherchez le Royau-*
Lᴜᴄ 12. *me de Dieu auant toute choſe,*
& tout le reſte ſuiura. Ne vous

fourniſſez de ſac, ny de baſton:
c'eſt trop de richeſſes que d'e-
ſtre pauure auec IESVS CHRIST.
Mais que faiſ-je ſans y penſer,
ie me rends encore vn coup ſu-
pliant. N'eſt-ce pas abuſer des
prieres, de les employer icy?
Vn amour bleſſé doit ſe plaindre librement. Peut-eſtre entendrez vous mieux les repro-
ches de celuy que vous auez ſi
mal traicté iuſques icy, que
vous n'auez fait ſes prieres.

Que faites vous donc chez
la Mere, ſoldat muſqué? où eſt
le quartier? où ſont vos tran-
cheés? où eſt le rempart? où
eſt la hutte pour hyuerner? Entendez vous la trompette du
Ciel? Voyez ce grand Roy deſ-

fus les nüées qui eſt en arme, &
qui marche pour ruiner le mõde: l'eſpée qui ſort de ſa bouche
tranche à droit & à gauche, &
abbat tout ce qu'elle rẽcontre.
Et vous venez du cabinet à l'armée. Et de l'ombre, à la campagne: vos eſpaules s'accordent
mieux auec vne chemiſe de
vingt eſcus , qu'auec vne cuiraſſe. Vne teſte accouſtumée à
la coiffe de point couppé , ſou-
fre malaiſément vn caſque: &
vne poignée d'acier , eſt bien
plus rude à la main , que vos pe-
tis gans parfumez. Eſcoutez ie
En ſainct vous prie le ban du Roy. *Qui ne*
Matt. 11. me ſuit , m'eſt ennemy: & qui
n'amaſſe auec moy, ne fait que
perdre. Souuenez-vous mon

amy du iour que vous fuſtes
enrolé , & comme quoy vous
vous enſeueliſtes auec IESVS
CHRIST par le Bapteſme. Le
ſerment que vous luy pretaſtes,
fut , de ne pardonner à Pere ny
à Mere , quand il iroit de ſon
honneur. Et voyla l'ennemy
qui le cherche deuant vous , &
chez vous meſmes , pour luy
oſter la vie. Vos appointemens
& tous les aduantages qu'il
vous fait pour le ſeruir , luy
donnent de furieuſes enuies
contre vous.

Au reſte que le petit Neueu
ſe iette à ton col. Que ta mere
toute eſcheuelée, & deſchirée,
te montre les mamelles qui
t'ont nourry. Et que ton Pere

se couche sur le pas de la porte
pour t'empescher le passage,
passe par dessus. Et sans moüil-
ler l'œil, cours alaigrement au
drappeau de la Croix. La vraye
pitié en cette affaire, est de se
monstrer vn peu cruel. Vn iour
viendra que tu retourneras victorieux en ton pays, & que tu
entreras couronné glorieuse-
ment dans la Hierusalem ce-
leste. Pour lors tu deuiendras
concitoyen de sainct Paul, &
demanderas le mesme droit de
bourgeoisie pour tes parens. Et
ie m'asseure que tu te souuien-
dras encore de moy, & que tu
prieras pour celuy qui t'a poussé
à cette entreprise.

Au surplus ne nous en fai-

tes point à croire , nous fça-
uons la force des chaifnes qui
vous retiennent. Nous n'auons
pas le cœur de fer , ny l'efto-
mac de bronze: & nous ne fommes pas nez dans vn roc où
les tygres d'Hyrcanie nous
ayent donné le fang , pour du
laict. Nous auons efté ce que
vous eftes: & auons par la mifericorde de Dieu paffé, par tout
ce qui vous donne de la peine.
Ie voy d'icy ce qui vous touche , vne pauure fœur vefue
vous embraffe tendrement;
des feruiteurs qui font nez pour
vous, & auec vous, criét, Mon-
feigneur, à qui nous laiffez vous
pour efclaues ? Vne remüeufe
qui vous a porté enfant, & qui

eſt maintenant deuenuë vieil-
le , & vn Pere nouricier qui
tient le ſecond degré dans la
tendreſſe naturelle, vous prient
d'attendre qu'ils ayént les yeux
fermez , pour leur donner de la
terre. Peut eſtre auſſi que la
bonne Mere toute ridée vous
monſtre encore les deux peaux
mortes de ſes tetins , qui ſe ſont
ſeichées ſi ſouuent dans voſtre
bouche , & vous fait reſouue-
nir de ſon laiĉt, & des chanſons
dont elle vous a bercé tant de
fois. Et pour ne rien oublier de
l'eſcole des maiſtres , laiſſons
leur dire qu'vne grande famille panchante , vous tend les
bras , & n'attend ſupport que
de vous. Heliodore, vn peu de

feu d'amour de Dieu, ou vne
eſtincelle de celuy d'Enfer qui
vous menace, bruſle ayſément
tous ces liens.

Quelqu'vn me dira pour reſ-
pondre, que l'eſcriture nous enſeigne d'obeir à nos parens.
Mais ne dit-elle pas auſſi que
qui les ayme plus que IESVS
CHRIST ſe damne? Quoy, l'ennemy me tient l'eſpée à la gorge, & ie m'amuſeray aux larmes de ma Mere? Que ie quitte l'enſeigne de IESVS pour
ſuiure mon Pere, à qui ie ne
dois pas meſme la ſepulture ſi
IESVS-CHRIST me le defend.
Sainct Pierre voyant ſon Maiſtre dans la reſolution du martyre, & l'en voulant deſtour-

ner, encourut son indignation. Sainct Paul voyant ses freres qui faisoient leur effort pour l'empescher d'aller en Hierusalem , où il estoit menacé de quelque malheur. Ha mes freres, leur dit-il, que pensez vous faire auec vos larmes? cela n'est bon que pour m'affliger, ie vous declare que non seulement ie suis tout deliberé d'endurer les chaisnes, & les prisons, en Hierusalem , mais la mort mesme, pour le nom de mon bon maistre IESVS.

Sçauez vous le moyen de parer à ces coups de pieté naturelle; tenez vous à couuert sous les bastions de l'Euangile , ses paroles vous seruiront de muraille. *Ma Mere & mes freres* *En sainct Math.12.* *font ceux qui font la volonté de mon Pere qui eſt aux Cieux.* Si vrayement ils croient en IESVS CHRIST, ils font obligez de fauoriſer le deſſein que i'ay, de porter les armes pour la gloire de ſon nom : que ſi il n'y croient pas, ie les laiſſe auec les morts, qu'ils prennent ſoin les vns des autres pour s'enſeuelir.

Vous me direz que cecy s'entend du martyre. Helas mon frere ! ſi vous penſez qu'vn Chreſtien viue ſans perſequution, vous eſtes grandement trompé. Sçauez vous bien que vous n'eſtes iamais en plus grād danger, que quand vous le ſentez le moins ? Noſtre ennemy

fait inceſſamment ſa ronde, &
cherche de quoy faire curée
comme vn lyon rugiſſant: &
vous penſez eſtre en aſſeurance.
Il eſt en embuſcade auec les riches qui attendent le pauure au
piege, pour luy deſrober la vie,
apres luy auoir deſ-ja rauy les
biens. Et cependant vous-vous
endormez à l'ombre du premier arbre que vous rencon-
trez, ſans penſer que vous allez
deuenir ſa proye. Malheureux
que ie ſuis, tandis que la chair
me perſequute, que l'auarice
m'attaque, que mon ventre
prend la place de mon Dieu,
& que les plaiſirs les plus honteux me veulent contraindre
de chaſſer le ſainct Eſprit de

mon cœur, & de prophaner
son temple, & que cét ennemy
enragé qui a mille noms de malice, & autant d'artifices pour
me surprendre me fait la guerre : ie seray si hors de sens, que
de me croire victorieux, en me
perdant.

Pesez bien ce que ie vous represente, & vous-vous persua-
derez aysément que ces offen-
ces sont de pures Idolatries.
Mais il est plus à propos que
vous entendiez parler sainct
Paul là dessus. *Ie vous declare,* *Aux E-
phes. 5.*
*dit-il, que ny paillard, ny vi-
lain, ny auaricieux, ny trompeur,
qui est vne espece* d'IDOLATRIE,
*n'auront part en l'heritage du
Royaume de* IESVS-CHRIST,

& de Dieu. Et encore que ge-
neralement parlant, tout ce qui
vient du Diable, foit contre
Dieu; & que ce qui viét d'vne fi
mauuaife part ne foit rié moins
qu'Idolatrie, veu qu'il eft le Roy
des Idoles. Toutesfois, ailleurs
le mefme Sainct defcendant
plus en particulier, les nomme
fort diftinctement, en ces ter-

Aux Co-
loff. 3.

mes. *Mortifiez vos membres*
qui font deffus la terre, vous dé-
pouillans de paillardife, de fale-
tez, de mauuais defirs, & d'aua-
*rice, qui ne font qu'*IDOLATRIES,
qui ont attiré l'ire de Dieu fur les
enfans reuoltez. Non non l'I-
DOLATRIE ne gift pas feulement
à mettre du bout des doigts vn
grain d'encens dedans le feu,

ou à verſer deux goutes de vin d'vne couppe. Il n'appartient qu'à celuy qui nomme la vente de ſon Seigneur faicte pour trente deniers, vn bon traffic, de ſouſtenir que l'auarice ne ſoit pas vne IDOLATRIE. Pour défendre que la paillardiſe ne'n ſoit vn autre, il faut auoir des-honnoré les membres de IESVS CHRIST, & auoir violé vne hoſtie viue & agreable aux yeux de Dieu, par vne infame ſoüilleure, auec des victimes d'impudicité publique. Pour nier que les tromperies ſoient crimes d'IDOLATRIE, il faut eſtre de ceux dont parlent les Actes, qui ayant mis vne partie du prix de leur heritage en reſer-

ue, receurent le chaſtiment de
leur infidelité ſur le champ.
Prenez y garde mon frere, il ne
vous eſt nullement permis de
reprendre ce que vous auez deſ-
En ſainct Luc 14. ja quitté, *Quiconque*, dit Dieu,
n'a renoncé à tout ce qu'il poſſede,
ne peut eſtre mon diſciple. Comment pouuez vous eſtre Chreſtien, & auoir vn cœur ſi laſche?
Regardez de quel courage S.
Pierre laiſſe ſes filets. Voyez ce
Publicain qui ſe leue du con-
toir pour deuenir Apoſtre. Il y
a bien plus, c'eſt que le fils de
l'homme n'a pas eu dequoy appuyer ſa teſte, & vous faites
les lieuës entieres ſous voſtre
couuert? Vous prenez plaiſir à
vous laſſer dans vos galleries?
Ie

Ie vous dis, & vous protefte, que fi vous-vous attendez aux heritages de ce monde, vous n'auez rien à partager auec IE-SVS-CHRIST. Penfez à ce que fignifie le nom de Moyne, c'eft le voftre. Et s'il vous apprend à eftre feul, que faites vous en compagnie?

Pour moy ie vous aduerty du danger où vous eftes, deffus vne mer que ie connois aux defpens de mon vaiffeau, & de fa charge. Efcoutez ma voix comme celle d'vn pilote efchoüé, qui tremble encore de la peur de fon naufrage, & de l'agitation de la mer; & qui crie deffus le bord, à ceux qui s'embarquent. Efloignés vous de ce

F

goufre de paillardife, il y va du
falut. C'eft vne Charybde qui
vous engloutira fans remede.
De l'autre cofté Scylle fa compagne fait les doux yeux & l'a-
greable, pour vous furprendre:
fa feinte modeftie de pucelle eft
l'efcueil de la Chafteté. Cette
cofte eft toute couuerte de Barbares. Icy les Diables font dé-
chaifnez, & vót en courfe, pour
enchaifner ceux qu'ils pren-
dront. Ne vous y fiez pas? ne re-
lafchez pas. Encore que la mer
foit plus vnie qu'vn eftag, & que
les vents ne luy facent pas faire
vn ply, fi ce n'eft pour foufrire
de leurs careffes; affeurez-vous
neantmoins, qu'il y a de grandes montagnes qui s'appreftent

fous cette plaine. Le mal eſt au
dedans, l'ennemy eſt enfermé:
bandez vos cables, deſployez
les voiles, arreſtez la vergue de
la croix ſur voſtre front: prenez
ce grand calme pour vne fu-
rieuſe tempeſte.

Quoy dõc, me direz vous, tous
ceux qui viuent dans le monde
ne ſont pas Chreſtiens? Ce n'eſt
pas ce que ie dis, mais ſeulement i'oſe aſſeurer que voſtre
condition, & la leur, ne ſont
pas ſemblables. Eſcoutez Dieu,
qui vous parle, *Si vous deſirez* En ſainct
eſtre parfait, allez, vendez ce Matt. 19.
que vous auez, donnez-en le prix
aux pauures, & ſuiuez moy.
Vous-vous eſtes obligé volontairement à ce degré de perfe-

ction : & lors que quitant le
camp du monde vous-vous
estes rettranché pour le Royaume des Cieux, n'auez vous
pas embrassé vne vie parfaite?
Vn parfait seruiteur de I E S V S
C H R I S T, se contente de I E S V S
C H R I S T : Et s'il retient encore
quelque chose auec luy, c'est à
tort qu'il se dit parfait : ne l'estât
pas, apres l'auoir promis à Dieu,
il a menty faussement en sa pre-
sence. Or qui ment tuë son
ame. En vn mot, si vous estes
parfait, pourquoy courez vous
si ardemment apres vostre pa-
trimoine? Que si vous ne l'estes
pas, vous estes vn meschant, &
vn sacrilege qui trompez Dieu.
L'Euangile fait tonner ces mots

d'vne voix Diuine, *Il vous est impossible de seruir à deux Maistres.* En sainct Matth. 6. Et neantmoins il s'en trouue qui veulent que le démenty en demeure à IESVS CHRIST. En sainct Luc 9. *Seruans à Dieu & à Mammon.* Le mesme crie si souuent, *s'il y a quelqu'vn qui veüille venir apres moy, qu'il renonce à soy-mesme, qu'il porte sa Croix, & me suiue.* Pense-ie bien le pouuoir suiure, chargé d'or. Qui croit en IESVS CHRIST ne doit point marcher autrement que luy.

Que si tu veux maintenir que tu n'as rien, comme i'attends que tu me respōdras; Qui t'empesche donc, de combatre estant si bien preparé? Peut-estre

F iij

le veux tu faire en ton pays:
Noſtre Seigneur ne fit iamais
miracle au ſien. Et ſi tu deſires
ſçauoir pourquoy, en voicy le
teſmoignage & la raiſon tout

En ſainct
Luc 4.
enſemble. *Iamais Prophete ne
fut honoré dans ſon pays.* Vous
me direz: Ce n'eſt pas l'honneur
que ie cherche, ie ne demande
autre applaudiſſement que celuy de ma conſcience. Le Fils
de Dieu le cherchoit encore
moins que vous, veu qu'il s'en-
fuioit du peuple qui le vouloit
faire ſon Roy. Mais il faut conſiderer quel à où l'honneur manque, le meſpris y eſt: & le meſpris ſe trouue rarement ſans offenſe, l'offenſe eſt ſuiuie de colere, la colere chaſſe la paix,

fans la paix l'efprit ne peut demeurer dans fes bonnes refolu-
tions, & lors que dans l'inquietude il rabatra quelque chofe
de fes exercices, ce qui reftera
en demeurera moindre de ce
qui luy aura efté ofté: or où il y
a du moindre, & du manque-
ment, l'on ne peut dire que tout
foit parfait. De cette fomme
refulte, qu'vn Religieux ne peut
eftre parfait parmy les fiens. Et
n'afpirer pas à la perfection,
c'eft vne faute d'importance.

Ce quartier enleué, vous-
vous retranchez dans le Cler-
gé. Ie crains que ce ne foit trop
entreprendre, fi i'ofe dire quelque chofe de ceux qui demeurent dedans les villes. Toutes-

fois à Dieu ne plaife qu'il m'ef-
chappe rien qui puiffe bleffer
ceux qui font fucceffeurs des
Apoftres, & qui ont l'honneur
de produire, auec leur bouche
facrée, le corps de IESVS CHRIST
fous les efpeces. Ce font ceux à
qui nous deuons le nom de
Chreftiens, & le Baptefme.
Ceux qui en vertu des Clefs du
Royaume du Ciel qu'ils ont en
main, iugent des hommes a-
uant le iour du Iugement. Et
qui conferuent la faincte efpou-
fe de leur maiftre auec vne fo-
bre chafteté. Mais comme ie
l'ay dit en paffant, la caufe des
Clercs & des Moynes n'eft pas
la mefme. Les Clercs nourif-
fent le trouppeau, & moy ie

me tiens bien-heureux d'estre
noury. Ils viuent de l'Autel, &
moy ie suis obligé d'y apporter,
si ie ne me veux voir condamné à la coignée, auec les arbres
infertiles. La pauureté ne m'en
excuse pas, puis que nostre Seigneur loüe la pauure vesue de
l'Euangile, qui mit les deux deniers qui luy restoient, dedans
le tronc. Il ne m'est pas permis
de me tenir assis deuant le pre-
stre. *Et il luy est permis de me li-*
urer à Sathan pour tourmenter
mon corps, à fin de sauuer mon a-
me au iour que le Seigneur la viẽ-
dra iuger. En l'ancienne loy quiconque manquoit à l'obeyssan-
ce deuë aux prestres, estoit ou
lapidé par le peuple, qui l'as-

1. *aux*
Cor. 5.

fommoit hors du camp: ou bien
effaçoit la tache de ce mefpris
auec fon fang, perdant la tefte.
Maintenant on retranche le
defobeyffant auec vne efpée
fpirituelle, ou bien, l'ayant chaffé de l'Eglife, on l'abandonne à
la gueule enragée des demons
qui le déchirent.

Que fi les prieres de vos
freres vous contraignent doucement de receuoir cét honneur, ie feray bien ayfe du degré: mais à ne point déguifer
mon fentiment, i'en crains la
cheute. *Qui defire d'eftre Euef-*
que defire vne tres-bonne œuure.
Ce n'eft pas dequoy ie doute,
mais acheuez ce qui fuit. *Il faut*
que fe foit vne perfonne fans

1. à Ti-
moth. 3.

reproche, qui n'ayt esté marié
qu'vne fois, qui soit sobre, chaste,
prudente, esgale & modeste, charitable aux passans, capable de
bien instruire les autres, point su-
iette au vin, ny à sa colere, mais
dans vne grande retenue. Et a-
pres auoir deduit bien au long
ce qui touche l'Euesque, il
n'oublie rien à dire de ceux qui
sont au dernier degré. Voici ses
mots, Seblablement que les Dia-
cres soient chastes, honestes, nullement doubles en paroles, qu'ils ne
se laissent point emporter au vin,
ny à l'auarice, qu'ils ioignent la
creance à la conscience, & gar-
dent le mystere de la foy qu'ils ont
receue, auec vne grande integrité. Qu'ils soient premierement

*esprouuez, & s'ils se trouuët sans
offence , qu'ils seruent.* Mal-
heur à celuy qui entre au festin
sans l'habit des nopces. Que
peut-il attendre du Maistre, sinon qu'il luy demande qui l'a
fait si hardy que d'entrer dans sa
sale si priuément? & le voyant
sans réponse , qu'il comman-
En sainct de à ses valets de l'enleuer
Matt.22. pieds & poings liez, & de le ietter dehors , dans les tenebres,
parmy les larmes & les grince-
mens de dents.

Encore vn coup mal-heur à
celuy qui ayant receu vn ta-
lent, le noüe dans son mouchoir
pour le garder , tandis que les
autres font profiter ce qu'ils
ont receu. Celuy-là ne peut es-

chapper la colere de son Maistre, qui le foudroira de ces paroles. *Mechant seruiteur, que* *En sainct*
n'as tu mis mon argent à la ban- *Matth.25.*
que, pour m'en faire receuoir le
fruit à mon retour. C'est à dire,
que ne remettois-tu sur l'Autel, ce que tu ne pouuois porter:
veu que tandis que tu as pris la
charge d'vn negoce où tu n'en-
tendois rien, tu as laissé moisir
mon argent, qu'vn autre, de qui
tu as tenu la place, m'eust fait
valoir cent pour cent. Et partant comme celuy qui rend du
seruice se fait estimer, aussi qui
s'approche sans merite du calice du Seigneur, se rend coupable de son corps, & de son
sang. Ne vous tropez pas? Tous

ceux qui font les Euefques, ne
le font pas. Si vous regardez
S. Pierre, voyez Iudas : fi vous
admirez S. Eftienne, fouuenez
vous de Nicolas, que noftre
Seigneur condamne luy mefme dans l'Apocalypfe : Ce fut
luy qui forgea de fi deteftables
& malheureufes opinions, que
les heretiques Nicolaïtes, qui
fe renomment de luy, ont tiré
tout leur venin de fa racine.
Chacun s'efpreuue, & fe fonde,
auant que de s'approcher. Dans
l'Eglife, les dignitez ne nous
font pas Chreftiens. Corneille
Capitaine, tout Payen qu'il
eftoit, fut purgé par le S. Efprit.
Daniel petit enfant, iugea des
Preftres en dernier reffort. A-

mos cueillant des mures de ron-
ces, deuint Prophete en vn in-
ftant. Dauid fe fit grand Roy,
de petit berger. I E S V S luy mefme fit plus de part de fes faueurs
au plus petit de fes Difciples,
qu'à tous les autres. En vn mot,
mon frere, vous metant à table,
prenez voftre place au bout
d'embas, afin qu'vn moindre
que vous furuenãt, on vous cõ-
máde d'auancer. Sur qui noftre
Seigneur repofera-t'il, finon fur
l'humble & fur le paifible, & fur
celuy qui tremble à fa parole.
Qui reçoit le plus, doit le plus.
Les grands tourmens ne font
faits que pour les grãds. Et que
perfonne ne s'en faffe acroire,
pour auoir feulement le corps

chaste : veu que les hommes
rendront compte au dernier
iour, de la moindre parole qu'ils
auront dite sans subiet , &
que les plus simples iniures seront contées pour homicides.
Ce n'est pas vne chose aysée
de mettre le pied , où l'a mis
sainct Paul, & de remplir la place de sainct Pierre , qui sont
deux Princes qui regnent desia
auec IESVS-CHRIST. Il est à
craindre que l'Ange ne deschi-
re le voile de vostre temple, &
ne retire vostre chandelier de
sa place. Faites vn estat de la dépence , auant que d'entreprendre le bastiment d'vne grande
tour. Vous sçauez bien que le
sel gasté n'est bon qu'à ietter
aux

aux beftes. Bref fi le Moyne
fait vn faux pas , le Preftre le
peut releuer , priant pour luy.
Mais fi le Preftre tombe luy
mefme, qui priera pour luy?

Iufques icy i'ay tafché de fortir du mauuais endroit, où mon
difcours eftoit engagé : mais
puifque nous en fommes dehors en dépit des flots qui nous
ont fait peur, blâchiffans les rochers d'efcume. Il faut voguer
à pleine voile , & apres auoir
efchappé des queftions plus
fafcheufes que les efcueils, faire ce que font les matelots qui
prennent port. Chantons l'a-
dieu du voyage.

O Defert couuert de fleurs
que IESVS-CHRIST y a plan-

G

tées ! ô lieux solitaires, d'où se
tirent les pierres de l'Apocaly-
pse, qui s'employent au bastiment de la ville du Roy des
Roys ! O Hermitage où l'on
ioüit plaînement & paisiblement de Dieu ! O mon cher
frere que faites vous dans le
monde qui n'est pas digne de
vous ? garderez vous tousiours
la chambre ? iusques à tant demeurerez vous en prison dans
les villes, n'y respirant que la
fumée des cheminées ? M'en
croirez vous ? Ie suis dans vn
lieu où le Soleil me semble plus
clair qu'il n'est au reste du monde. Ie n'y sens plus la charge de
mon corps, il me prend des enuies de voler iusques dans la

derniere region de la lumiere.
Ha qui te desrobe ce bien,
Heliodore? Est-ce la crainte de
la pauureté? Et ne sçay-tu pas
que IESVS-CHRIST nomme
les pauures bien-heureux? As
tu peur du trauail? Les lauriers
flestrissent sur la teste des com-
battans, s'ils ne sont arrosez de
leurs sueurs. On ne couronne
point, sans combattre. Tu songe à la faim? mais qui a la foy, la
défie. Tu apprehende de cho-
quer ta carcasse vsée de ieusnes,
contre la terre: refuse-tu donc
de coucher au lict de ton Maistre? Tu as vne teste qui fait
peur, & des cheueux meslez &
hydeux: mais tu ne pense pas
que IESVS-CHRIST est ton

G ij

chef. Si tu crains la folitude au
milieu de nos câpagnes, quand
tu en voudras fortir, tu peux
promener ton efprit dans le
Paradis. Et ta penfée n'y volera
iamais fans y trouuer de bonnes
& grandes compagnies. Mais la
peau durcit, & fe ride fans e-
ftuue. Qui eft laué en IESVS
CHRIST n'a plus affaire d'autres
bains. Et à fin de te donner vne
refponfe en peu de mots, qui
paye tout. Voicy ce que dit l'A-
poftre. *Les maux que nous fouf-*

Aux Rom. *frons en ce monde n'ont point de*
chap. 8. *proportion auec la gloire que nous*
attendons, & que Dieu fera re-
luire en nous. Vous eftes trop
delicat, mon frere, fi vous voulez viure à voftre ayfe en ce

monde, & regner auec IESVS
CHRIST en l'autre.

Le iour viendra que ce corps
mortel, & ſubiet à la pourritu-
re, deuiendra immortel & in-
corruptible. Bien-heureux le
ſeruiteur qui ſe trouuera preſt
à l'arriuée de ſon Maiſtre. La
trompette donnera l'alarme à
toute la terre, & à tous les peuples: & tandis qu'ils tranſiront
d'apprehenſion, vous-vous reſ-
ioüyrez. Le monde ſentant approcher ſon Iuge, iettera vn
cry eſpouuantable. Les nations
ſe reſpondront frappant & dé-
chirant leurs poitrines. Les Mo-
narques que le ſiecle aura ado-
rez, ne monſtreront que le flanc
nud, qui leur batera. Et le

faux Iupiter paroiftra auec fa
pofterité , rouge de vrays
feux. Platon reconnoiftra fa
fotife , & celle de fes difciples. Ariftote ne fe defendra
plus auec l'artifice de fes ar-
gumens. Et dans ce defordre
tu riras, toy dif-ie, pauuret &
champeftre , tu triompheras:
difant tout haut, Voyla mon
Dieu crucifié. Voyla mon Iuge , autresfois enueloppé de
langes, & qui a pleuré dans la
creche. Ie le reconnois , c'eft
luy qui paffoit pour le fils d'vn
artifan, & d'vne femme de trauail. C'eft luy qu'elle portoit
deffus fes bras : c'eft ce Dieu
qui s'enfuit en Egypte deuant
vn homme: celuy qui fut cou-

uert d'escarlate pour estre mo-
qué, & qui fut couronné d'espines. Ce magicien pretendu,
cet endiablé, ce Samaritain.
Mal-heureux Iuif, reconnois-
tu ses mains que tu as percées?
Et toy, Romain, son costé que
tu as ouuert ? Considerez-le
bien, & taschez de descouurir
si c'est ce corps que vous pu-
bliez par tout auoir esté enleué
de nuict par ses disciples. Im-
putez ce discours, mon cher
frere, à l'affection qui me l'a di-
cté. Ie vous l'escris, afin qu'vn
iour vous voyez auec moy les
choses, pour lesquelles maintenant nous trauaillons auec tant
de peine. Adieu.

G iiij

ADVIS
SVR LA LETRE
DE S. HIEROSME
à Demetriade.

 E n'est pas assez mespriser le monde (MES CHERES SOEVRS) que d'en faire triompher les hommes. Vne ieune Damoiselle fait mieux reconnoistre sa foiblesse, que les plus braues d'entre eux, ayant rompu genereusement les liens dont il eust arresté vn million de petites ames, qui demeurent attachées honteu-

sement à des filets d'araignées.
Elle tenoit par les interests du
public, estant obligée de faire re-
uiure vne maison en qui les PRO-
BES, les OLIBRES, & les ANI-
CES s'estoient vnis : dont les derniers ont donné trente Consuls
à l'Italie. Son pere estoit desia
decedé, d'vne mort naturelle : &
sa mere, d'vne ciuile, s'estant retirée du monde. La pauure Rome sa patrie estoit en si mauuais estat, qu'elle ne se pouuoit
releuer que par le moyen de son
alliance auec quelque puissant
Prince ennemy. Embrasser la
Virginité là dessus, estoit
la rendre coulpable de la perte
d'vn Empire, ou d'vne maison
que les Barbares auoient respe-

étée plus que la capitale du monde. Ces considerations semblerent
si fortes à Probe grand' Mere
de nostre Demetriade, & à Iulienne sa Mere, qu'elles ne pen-
soient qu'à luy trouuer vn party. Mais Dieu qui auoit de
grands desseins dessus son cœur,
l'inspira de renoncer aux vanitez, dont elle auoit esprouué les inconstances, & de se ietter entre ses bras, où elle trouueroit vn mary, vn Pere, &
vn Protecteur assez fort pour
redresser vne Monarchie. Ses
attraits furent si violens, & l'a-
ction dessus son ame si penetran-
te, que sans disputer plus long
temps auec ses apprehensions,
elle se sousmit entierement à

ſes vouloirs : remettant ſur luy les ſoins qui luy eſtoient plus preſſans, & ne ſe chargeant que du principal , qui eſtoit de luy plaire en toutes choſes.

Sainct Hieroſme entretenoit la deuotion de l'Orient en ce tēps là, & ayant eu vne grande part en la conduite de la grand' mere, & de la mere , il ne peut s'excuſer de l'inſtruction de la fille. La letre qu'il luy fit ſur ce ſubiet eſt des meilleures , & n'euſt eſté que pour contenter ceux qui n'ap-prouuent pas qu'on nourriſſe de fleurs les brebis de IESVS-CHRIST, *il rompt la delicateſ-ſe de ſon diſcours, & la change vers le milieu, en ſtyle Eccleſia-ſtique (ainſi qu'il le nomme) tiſſu*

de paſſages de l'Eſcriture, qui
s'entretiennent mieux par la
rencontre des mots, que par une
plus forte liaiſon, ſans cette reſolution, il nous euſt laiſſé une
piece où les plus dificiles n'euſſent
eu rien à deſirer : mais la deuotion recompenſe ſi heureuſement,
ce que ces eſprits delicats nom-
ment, default, qu'elle a rendu
une faute tres-aymable.

LETRE

DE S. HIEROSME

A DEMETRIADE.

ENTRE toutes les matieres ſur leſquelles i'ay eſcrit depuis ma ieuneſſe iuſques à preſent, ſoit de ma main, ou de celle de mes eſcriuains, ie n'en ay iamais rencõtré de plus faſcheuſe que celle-cy : dautant qu'ayant à eſcrire à Demetriade vierge & eſpouſe de IESVS-CHRIST, la premiere

de l'Empire Romain , & en
biens & en nobleffe. Si mon
difcours defcouure toutes fes
vertus , l'on croira que ie luy
en auray prefté quelques vnes:
& fi i'en rabats pour me rendre plus croyable , ma difcre-
tion fera tort à fa loüange. A
quoy donc me refoudray-ie?
fi ie ne fçauois accomplir ce
que ie ne peux refufer à vne
grand' Mere , & à vne Mere,
toutes deux Dames de merite , & qui commandent auec
pouuoir , demandent auec affeurance , & emportent ce
qu'elles veulent auec vne per-
feuerance inuincible : & qui au
refte , ne me demandent rien
de nouueau, ny de particulier,

puis que i'ay fouuent laffé mon
efprit en de femblables fubiets.
Elles defirent feulement que ie
rende ce tefmoignage felon
mon pouuoir , à vne vertu
dont l'efperance (pour en parler auec vn grand Orateur) eft
plus à prifer que la vertu mefme , encore qu'à vray dire , la
grandeur de fa foy ne fe puiffe mefurer auec fon âge , qui
n'eft que d'vne petite fille:
mais elle a commencé où les
plus parfaits font leur arreft.
Que l'enuie ne m'aboye point
icy , la mefdifance n'a rien à
mordre en cet endroit. On ne
me peut reprocher l'ambi-
tion, efcriuant à vne perfonne dont ie ne vis iamais le vi-

fage: ie ne connois que fon efprit, par la mefme connoiffan-
ce que fainct Paul euft des
Coloffiens, & de quantité
d'autres fideles, aufquels iamais il n'auoit parlé. L'eftime
que ie fais de cette vierge fe
pourra comprendre, de ce
qu'eftant occupé en la defcri-
ption du temple d'Ezechiel,
qui eft la plus difficile piece de
l'Efcriture, & me trouuant
defia auprés du Sanctuaire, où
l'on traite du Sainct des Saints,
& de l'autel des parfums, i'ay
preferé ce diuertiffement, à
mon trauail : pour paffer d'vn
autel à lautre, & immoler àla
chafteté eternelle, vne hoftie
viue, fans tache, & agreable

aux

aux yeux de Dieu. Ie ſçay bien que cette teſte conſacrée a deſ-ia receu le voile ſolemnelle-ment, par la benediction de l'Eueſque : & que l'excellent mot de l'Apoſtre a eu ſon plein effet deſſus elle, *Ie deſire que tous preſentent à* IESVS-CHRIST *vne vierge chaſte & pure.* Ce qui s'eſt fait quand la Royne a paru à ſa main droite reueſtuë d'vn drap d'or à fleurs, ou de cette etoffe meſlée d'vne quan-tité de vertus, laquelle ſeruit à Ioſeph, & dont les filles des Roys furent anciennement parées. Ce qui donna tant de contentement à l'eſpouſe, qu'elle ne ſe peut empeſcher de dire tout haut. *Le Roy*

1. *Aux Cor. ch.* 12.

H

1. *des Can-*
tiques.

*m'a fait l'honneur de me faire
entrer dans fa chambre.* Et fes
compagnes luy refpondent en
chœur : *Toute la gloire de la fil-*

Pfeau. 44.

le du Roy fe trouue dedans.

Or encore que l'affaire foit
toute faite, noftre exhortation
neantmoins ne fera pas inutile, Dieu aidant. Le battement
des mains fait redoubler la
courfe des cheuaux, & à force
de crier courage, on le fait entrer dans le cœur des combat-
tans. Les Chefs d'armée haran-
guent leurs foldats pour les ef-
chauffer à la charge, encore
qu'ils ayent defia l'efpée à la
main, & foient tous prefts de
donner. En noftre fubiet, la
grand' Mere, & la Mere ont

heureusement planté, mais cela n'empeschera pas que nous n'arrosions. Dieu donnera, s'il luy plaist, son accroissement.

Les maistres de l'Eloquence enseignent que pour bien loüer il faut prendre les loüanges dans la noblesse des ancestres, & reparer la sterilité des branches, par la vertu de la racine, pour faire admirer dans la souche l'excellence qui ne se rencontre pas au fruict. Il faut donc que i'enchasse icy les noms des Probes, des Olibres, & toute la race tres-illustre des Anices. Dans laquelle à peine se trouuera-il personne qui n'ait merité le Consulat. Ie me sens donc obligé de faire

veoir vn Olibre pere de noftre
vierge , que Rome a pleuré fi
amerement, pour luy auoir efté
rauy d'vne mort precipitée? Ie
crains d'en dire dauantage, de
peur de rouurir la playe de la
bonne Mere, & que la memoire de fes vertus ne renouuelle
fes douleurs. Il me fuffit de dire qu'il a efté, Vn fils tres-re-
connoiffant. Vn mary tres-affe
ctionné & tres-aymable. Vn-
parfaitement bon maiftre. La
mefme courtoifie, demeurant
particulier. Vn Conful deuant
l'âge. Mais fur tout vn Sena-
teur excellent, & fans reproche : bien-heureux mefme en
fa mort, de ce qu'il n'a point
efté contraint de veoir la rui-

ne de son pays, & plus heureux en sa posterité, qui a releué l'éclat de la Noblesse de sa bisayeule Demetriade, par la chasteté perpetuelle d'vne seconde Demetriade sa fille. Mais que fais-ie m'oubliant de mon dessein? L'admiration de ce ieune Seigneur m'a fait loüer ie ne sçay quoy des biens du siecle, dont l'entier abandonnement est l'vne des plus belles loüanges de nostre Vierge, qui n'a tiré autre aduantage de sa naissance, que de considerer qu'elle estoit venuë au monde comme le reste des hommes, sans penser à sa noblesse, ny à ses biens. C'est vne force d'esprit incroyable,

d'auoir choifi au milieu de la
panne , & des pierreries , parmy les troupes d'Eunuques &
de fuiuantes, & dans la flaterie
& le bruit des feruices de mille
fortes d'officiers , gouftant les
delices d'vne table où rien ne
pouuoit manquer dans l'affluence d'vne fi grande maifon,
d'auoir, difie, choifi la dificulté
des ieufnes , la rudeffe des habits , & vn ordinaire fi petit &
fi reglé, qu'eft celuy auquel elle s'eft reduite.

Elle auoit leu ce que dit noftre Seigneur, que *ceux qui font*
veftus delicatement , viuent
dans la Cour des Roys. Elle s'e-
ftoit laiffée gagner par l'exemple d'Helie, & de Iean Bapti-
fte, qui porterent des ceintu-

En S. Mat.
chap. 11.

res de crin sur les reins pour en
mortifier les sentimens : l'vn
vint au monde reuestu de l'esprit & de la vertu de l'autre, seruant d'auantcoureur à son maistre : il prophetisa dés le ventre
de sa mere : & le mesme receut des loüanges de son iuge
auant le iour du iugement. Ie
ne doute pas qu'elle n'ait souuent admiré la ferueur d'Anne
fille de Phanuel, qui seruit au
Temple, ieusnant & priant
iusques à vne vieillesse extreme. La compagnie des qua-
tre filles de sainct Philippes luy
faisoit enuie, & son souhait
estoit d'estre l'vne de celles qui
meriterent le don de Prophe-
tie par celuy de la virginité.

Elle repaiſſoit ſon eſprit de ſemblables penſées, & n'auoit
point de plus grande crainte,
que de donner du meſcon-
tentement à ſa Mere, ou à ſa
grand'Mere. Leur exemple luy
eſchauffoit le courage : mais
leur reſolution luy donnoit de
violentes apprehenſions. Ce
n'eſt pas qu'vn ſi bon deſſein
leur peuſt deſplaire : mais elles
le trouuoient ſi grand, qu'elles
ne l'oſoient meſmes deſirer. Cependant cette petite pourſui-
uante de I E S V S - C H R I S T
mouroit de deſir pour luy: ſes
beaux habits commencerent à
luy deſplaire, & parlant auec
Heſter elle diſoit à Dieu, *Vous*
connoiſſez mon cœur, & que la

Au liure
d'Heſter
chap. 2.

superfluité de ma coiffure, m'est
vn fardeau de vanité insuppor-
table. Elle parloit de la marque
de son Empire , & de son a-
prestador de Reyne, Ie l'ay,
disoit-elle, en horreur, comme
les taches du sang infect des
malades de mon sexe. Les Dames Françoises esgalement nobles & vertueuses , qui sont
sorties de leurs ports pour eschapper la cruelle tempeste des
ennemis , qui les ayans pour-
suiuies dans l'Afrique , les
ont contraintes de se retirer en ces lieux saincts , dient
que de nuict & en secret , n'-
ayant que les filles de sa Mere,
& de sa grand' Mere pour tes-
moins de ses deuotions, iamais

elle ne fe feruit de draps, ny de
liaets de plume, ou d'oreillers,
mais qu'eftendant vn tiffu de
crin, pour fon parterre, elle fe
couchoit deffus, & fe baignoit
le vifage de larmes, & fe tenant d'efprit aux genoux du
fils de Dieu, elle les ferroit
pour obtenir fa demande, &
l'accompliffement de fes defirs, & pour fléchir l'efprit de
fa Mere, & de fa grand' Mere.
Mais pourquoy differons-nous
de venir au point? Le iour des
nopces s'approchant, on dref-
foit defia le liaet de parade, lors
que s'eftant retirée à vn coin,
& prenant quelque foulage-
ment dans l'obfcurité de fa
chambre, elle forma fa refo-

lution en cette forte. Que fais-
tu Demetriade , que fais-tu ?
Pourquoy combas-tu pour ta
chafteté auec tant de crainte ?
Il faut fe declarer , & prendre
de la hardieffe. Si tu t'effroye
fi efperduëment en paix , que
ferois-tu dans le martyre ? Et
fi l'œil de tes plus proches te
fait peur , comment fouftien-
drois-tu les menaces des Ty-
rans ? Si les exemples des hommes n'ont pas affez de force
fur ton efprit , laiffe toy raffeu-
rer par faincte Agnes , qui fur-
monta, le Tyran , & la foibleffe
de fon âge, & confacra fa qualité de vierge par celle du martyre qu'elle s'aquift. Ha pauuret-
te ! Ne fçais-tu pas à qui tu dois

la conferuation de ta virginité?
Il y a defia long temps que tu
as tremblé pour fon fubiet entre les mains des Barbares, &
que ta Mere & ta grand'Mere
te cachoient deffouz leurs iup-
pes, & leurs manteaux. En fin
tu te vis captiue, & ton honneur au pouuoir d'autruy. Il te
fouuient bien de la peur que
te firent ces vifages effroyables d'ennemis : tu auois bien
de la peine de retenir tes fouf-
pirs, qui s'enuoloient apres de
pauures filles voüées à Dieu
qu'on enleuoit deuant toy. En
fin ta ville, la capitale du monde, n'eft plus qu'vn cimetiere
du peuple Romain. Où trou-
ueras-tu vn mary eftant ban-

nie? Sera-ce vn banny comme
toy, qui se rencontrant deſſus
la coſte d'Afrique t'emmenera
chez-luy? Auec quelle compagnie y entreras-tu ? Prepare
dés à preſent tes oreilles pour
entendre vn epithalame à la
Moreſque. Mais briſe pluſtoſt
Demetriade, romps les chaiſ-
nes qui te tiennent. *L'amour*
de Dieu chaſſe la crainte, s'il eſt
parfaict. Que ne fais-tu vn bou-
clier de ta foy? Que ta iuſtice
n'eſt-elle ta cuiraſſe? & ton caſque le ſalut? marche auec cette armure au combat. La chaſteté bien defenduë a ſon martyre, apprehendes-tu ſi fort la
rencontre de ta Mere, & de ta
grand' Mere? Il ſe peut faire

En la 1. de
S. Iean
chap. 2.

qu'elles feroient bien ayfes que
tu euffes enuie d'vne chofe, à
laquelle elles ne croyent pas
que tu ayes de l'inclination.
S'eftant donc fermée là deffus,
& ayant repris courage, elle
defpoüille genereufement fes
parures, quitte fes habits du
monde, comme autant d'em-
pefchemens de fon deffein : elle enferme fes coliers, & fes
rangs de perles qui pefoient
des heritages ; elle remet toutes fes pierreries dans leurs ef-
crins, & s'eftant couuerte d'v-
ne fimple robe, & d'vn grand
manteau par deffus, elle fe va
ietter à l'improuueu à genoux
deuant fa grand' Mere : fes
yeux parloient pour elle, &

ses souspirs monstroient assez
ce qu'elle estoit sans dire mot.
Cette saincte & graue Da-
me s'estonna de veoir sa petite fille dans vn habit si ex-
traordinaire. La Mere en demeura toute rauie. L'vne &
l'autre ne pouuoit croire que
ce qu'elles desiroient passion-
nément ne fust vn songe.
La parole leur manqua dans
cette confusion de ioye & de
crainte: elles changerent si souuent de couleur, que le combat de leurs pensées parut mesmes en leur visage. C'est icy
qu'il faut que i'abaisse le voile,
& que ie n'entreprenne point
de raconter, ce que ie ne sçaurois assez dignement descrire.

Les torrens de l'eloquence de
Ciceron tariroient, & la force des fentences de Demofthe-
ne fe trouueroit foible pour
expliquer vn fi grand rauiffe-
ment. Tout ce qui peut venir
en l'efprit, & tout ce qui fe peut
dire en cas pareil, arriua lors.
La Mere & la grand' Mere
tomberent fur le vifage de leur
fille, & la baiferent à l'enuy
l'vne de l'autre : la ioye les a-
uoit trempées de larmes : elles
la releuent & l'embraffent,
s'efforçant de la remettre : elles
reconnoiffent dans fa genereu-
fe refolution, ce qu'elles a-
uoient eu dans la penfée, & fe
réioüyffent auec elle, de ce
qu'eftant fortie d'vne maifon fi
illuftre,

illuftre, elle l'auoit encore rendu e
plus recõmandable, demeurant
vierge par le vœu qu'elle en
faifoit : elles confeffent qu'elle
auoit fagement choifi, & pris
vn party qui leur eftoit plus honorable qu'vn gendre, & que
cela leur feroit oublier doucement la ruine de leur patrie. O
bon I E S V S! que la refioüyffan-
ce qui fe refpandit par toute la
maifon fut grande ! Il fembloit que cette vierge fuft deuenuë vne racine de virginité,
pouffant incontinent apres fon
changement, vne incroyable
quantité de faindtes Vierges. La
plufpart de fes fubietes, & de
fes filles feruantes, la fuiuirent:
le defir de la virginité s'alluma

I

5 dans toutes les maifons : &
bien que la condition ne fuft
pas efgale en toutes , neantmoins toutes afpiroient à vne
mefme couronne de chafteté.
C'eft peu dire, que ce que i'en
dis. Le bruit de cette merueil-
le remplit toutes les ifles de
l'Afrique,& de l'Italie. Le contentement n'en demeura pas
là, & vn fi grand chemin ne
peut rallentir fa courfe : toute
l'Italie quitta fon dueil , & les
murailles ruinées de là mai-
ftreffe de l'vniuers fe redreffe-
rent, croyant que Dieu fuft ap-
paifé par l'entiere conuerfion de
celle qui eftoit née, & nourie
dans fon enclos. On euft penfé à la veoir, que l'armée des

Gots, ou les troupes des efclaues, & des bannis, euſſent
eſté foudroyées de la puiſſante
main de Dieu : & i'oſe dire,
que le peuple Romain receut
moins de ioye à la iournée de
Nole, apres les pertes des Le-
gions, & des armées toutes entieres à Trebia, au Traſimene,
& à Cannes, quand Marcellus
arreſta pour la premiere fois la
bonne fortune qui s'enfuyoit
aux ennemis, & s'eſtoit deſia
donnée à eux. Oüy, la nobleſſe
qui fut rachetée au prix de l'or
qu'elle valoit, & cette pepinie-
re de la plus glorieuſe nation
du monde, qui s'eſtoit enfer-
mée dans le Capitole, ſe reſ-
ioüit moins au premier bruit

de la déroute des Gaulois, qu'à
celuy de la conuerfion de Demetriade, qui donna iufques
aux bords de l'Orient, & fift
entendre aux villes les plus é-
loignées de la mer, le triomphe
& la gloire de l'Euangile. Il
n'y a point eu de vierge qui ne
fe foit fentie honorée d'eftre
compagne de celle-cy : & n'y
a point eu de mere qui n'ait
nommé auec vne faincte enuie,
le ventre de Iulienne bien-
heureux. Laiffons douter les
Infideles des recompenfes du
futur, dés à prefent vous auez
plus receu, que vous n'auez
donné à Dieu. Vous neftiez
connuë que d'vne prouince,
eftant promife à vn mary: mais

depuis que vous vous estes de-
clarée vierge consacrée à I E-
SVS-CHRIST, tout le monde
sçait qui vous estes. La coustu-
me des malheureux parens, &
qui n'ont qu'vne foy debile, est
telle, que s'ils ont vne fille con-
trefaite, ou estropiée: desespe-
rant de trouuer des gendres de
condition, ils leur font espou-
ser le voile, & veulent vendre
aussi cher à Dieu leur verre
cassé, que le diamant. Quant
à ceux qui sont vn peu plus
scrupuleux, ils ne leur donnent que le moins qu'ils peuuent: & vne pension si iuste,
qu'ils n'en ont que pour ne
mourir pas de faim: & le tout
pour faire de grands aduanta-

ges à ceux qu'ils laiſſent au
monde. Ce qui eſt arriué depuis peu en cette ville, à vn
homme grandement riche, lequel a laiſſé deux de ſes filles
vierges dans la neceſſité, afin de
pouruoir liberalement aux ſu-
perfluités, & aux delices de ſes
autres enfans. Pluſieurs Dames
qui ſe ſont retirées du monde
auec nous, ont fait le meſme.
Ce que ie ne dis point ſans
douleur, & pleuſt à Dieu que
ces exemples fuſſent moins ra-
res: mais n'eſtans que trop ordinaires, i'en eſtime dauantage celles qui ont eu le courage
de reſiſter à la foule de tant
de perſonnes abuſées. Le monde, & particulierement les

Chreſtiens, ne parlent auiour-
d'huy que de ce qui s'eſt fait
par cette ſainĉte couple de IE-
SVS-CHRIST, qui a donné à
vne fille, ce qui auoit eſté preparé pour ſes nopces, craignant
d'offenſer ſon nouuel eſpoux,
ſi elle ne luy apportoit ſon
doüaire, & voulant que ce qui
ſe deuoit perdre dans le monde, ſeruiſt à la neceſſité des
pauures. Or qui croira ce que
ie vais dire, que cette Probe,
dont le nom eſt le premier entre les plus nobles de Rome,
& dont la vertu & le bien
qu'elle fait à tous, a eſté meſme reſpecté par les Barbares.
Que celle, diſie, qui ne s'e-
ſtoit point laſſée de veoir les

Confulats ordinaires de fes
trois enfans, Probin , Olibre,
& Probe : & maintenant que
les maifons de la ville font pil-
lées, ou brulées, & qu'elle n'eft
plus qu'vne prifon commune
de fes citoyens,qu'elle vende (à
ce que l'on dit)fes terres,pour fe
faire des amis du demon de malice , qui la reçoiuent dans les
demeures de l'eternité. C'eft
pour faire rougir tous ceux qui
ont quelque degré dans l'Eglife, & ceux qui abufans du nom
de Moyne, ont le courage d'a-
cheter des maifons & des heritages, tandis qu'vne telle nobleffe vend les fiens.

A peine auoit-elle eu le loifir de pleurer les vierges, que

les Barbares luy auoient arra-
chées d'entre les bras, qu'elle
se trouua blessée de la perte
inopinée de son cher fils, qui
fut vn coup auquel elle ne s'a-
tendoit pas. Neantmoins deuant estre grand' Mere d'vne
Vierge de IESVS-CHRIST, elle adoucit la playe mortelle
qu'elle en receut, auec les esperances du Paradis, faisant
veoir en soy, ce que le Poëte
escrit des loüanges de l'homme
de bien,

Qu'il ne branleroit pas du
coup de la tempeste.
Si le Ciel en esclats tomboit
dessus sa teste.

Nous lisons dans le liure de
Iob, qu'vne mauuaise nouuel-

le ne luy eſtoit pas dite, qu'vn courier luy en apportoit vne autre. Et au meſme texte, *La vie de l'homme n'eſt qu'vne tentation*, ou ſelon l'Hebrieu, *n'eſt qu'vne guerre ſur la terre.* Auſſi ne trauaillons-nous, & ne nous hazardons-nous contre le monde, que pour eſtre couronnez en l'autre vie. Nous pouuons bien croire cecy des hommes ſans nous eſtonner, puis que le fils de Dieu a ſoutenu de ſemblables aſſauts, & que Dieu meſme a tenté Abraham, comme parle l'Eſcriture. C'eſt pourquoy l'Apoſtre commande, *que nous ayons à nous reſioüir en aduerſité, d'autant que l'affliction eſt la*

Au liure de Iob ch. 7.

Aux Rom. chap. 5.

mère de patience, & la patien-
te nous esprouue, & ses essais
nous donnent l'esperance, laquelle ne nous trompe point. Et en
vn autre endroit; *Qui nous se-*
parera de l'amour de IESVS- Aux Rom.
CHRIST? *Seront-ce les souf-* chap. 8.
frances, ou les pressures? la per-
secution, ou la faim? la nudité,
le peril, ou la pointe des espées?
veu que l'Escriture nous en me-
nace, & dautant que tous les
iours, & à toute heure, nous
sommes en danger de nos vies:
& que l'on nous destine, comme
brebis à la boucherie. Isaye donne aussi courage à ces person-
nes, disant: *Vous qui estes desia* En Isaie
seurez, & qui auez esté arra- chap. 28.
chez de dessus le tetin, attendez

des afflictions les vnes fur les au-
tres, & les efperances de mefme.

Aux Rom.
chap. 8.
Les petits maux que nous por-
tons en ce monde, n'ont point de
proportion auec la gloire que
Dieu fera reluire en nous. Ce
qui fuit, fera veoir pourquoy
i'ay fait cette faillie.

Celle qui auoit veu du milieu de la mer la fumée de l'em-
brafement de fon pays, & a-
uoit fié fa vie & celle des fiens
à la foibleffe d'vne petite barque, ne trouua rien de fi rude
que le port qu'elle prit en A-
frique. Elle fut receuë par vn
homme qui n'eftoit pas moins
auaricieux, que cruel : & qui
n'aymoit rien en ce monde
que le vin , & le gain : qui

fouz le nom du bon party , &
des armes du meilleur Prince
de la terre, exerça les plus cru-
elles tyrannies qu'on ayt iamais ouy raconter. Il faut emprunter des fables pour vous
reprefenter ce Pluton dans
fon Enfer , auec fon Cerbere à
cent teftes, & non à trois, defquelles il mordoit & déchiroit
tout ce qu'il pouuoit rencontrer. Il arrachoit les filles defia
fiancées du fein de leurs meres,
& faifoit marchádife du corps,
& du mariage des ieunes Da-
moifelles , auec des Arabes, qui
font les plus ardentes & lefp lus
auaricieufes creatures du monde. Son cœur demeura toufiours infenfible à la mifere des

orfelins, & des vefues : Il ne
pardonna pas mefme à la pauureté des vierges confacrées à
IESVS-CHRIST: Il regardoit
pluftoft à la main de ceux qui
le prioient, qu'à leurs vifages,
& à leurs larmes. Plufieurs Dames fuyans ce gouffre, & cette Scylle, auec tous fes chiens
abboyans, aymerent mieux
tomber entre les mains des
Barbares les plus cruels, qui ne
fe contentoient pas d'vn naufrage, & n'auoient aucune
compaffion des perfonnes, auf-
quelles ils auoient ofté la liberté. O tygre! que n'imites-tu au
moins l'ennemy de l'Empire
Romain, & le Brennus de noftre fiecle, qui n'a volé que ce

qui s'est rencontré deuant luy?
Pourquoy cherches-tu ce que
tu ne sçaurois trouuer ? Les en-
uieux ne doiuent point s'es-
tonner icy, (car c'est de tout
temps que leur malice bute la
vertu.) Si nostre bonne mere a
sauué l'honneur de tant de Dames, & le sien, auec de si grandes pertes, & auec vne proscri-
ption de ses biens qui s'est faite
sans escriture : puis que celuy
qui pouuoit tout prendre, a
daigné se contenter d'vne partie; & qu'elle ne pouuoit refuser
ce qui luy restoit à vn Comte
qui commandoit en qualité de
Gouuerneur dans la prouince,
& dont les deportemens luy
auoient fait comprendre, que

fouz vne authorité priuée elle
eftoit efclaue d'vn Tyran. Ie
fens bien que ie donne prife à
mes ennemis , qui interprete-
rôt felon leur humeur ,les iuftes
loüanges que ie donne à vne
grande & vertueufe Dame , &
les prédront pour flaterie. Mais
leur accufation n'aura point de
lieu s'ils confiderent que ie
m'en| fuis abftenu iufques à
prefent , & que ie n'ay iamais parlé de fa Nobleffe, ny
de fes biens , ny du pouuoir
qu'elle a eu du viuant ,ou apres
le decez de fon mary, qui euf-
fent neantmoins donné vn
beau fubiet de panegyrique à
vne langue mercenaire. Pour
moy ie me fuis propofé de
                              loüer

sout la grand' Mere de noftre
Vierge en ftyle Ecclefiaftique,
qu'on ne peut accufer d'ambition : & tout ce que i'ay à luy
dire confifte à la remercier,
d'auoir ployé fa volonté à celle de fa fille, & d'auoir fecon-
dé fes fainʿts defirs. Au furplus
la cellule de mon Monaftere,
le peu de curiofité que ie recherche en mon viure, qui eft
le plus fimple qu'il m'eft poffible, & mes pauures habits,
mon âge defia fur le panchant,
& le temps qui me refte à viure, effuyent tous les foupçons
de flateries : outre que le refte
de mon difcours ne s'adreffe
qu'à fa fille, qui eft vne vierge
auffi noble en fainʿteté, qu'en

K

lignage : dont la cheute feroit dautant plus dangereufe,
qu'elle eft en vn degré plus
releué.

Fille du Ciel, d'vn point ie te
fupplie
Par deſſus tout, que iamais tu
n'oublie.

Occupe ton efprit à vne lecture paſſionnée de la faincte Efcriture, & ne laiſſe point remplir la bonne terre de ton cœur
d'vne femence infertile d'aue-
ne ou de nielle, de peur que
le Pere de famille, c'eft à dire
l'efprit qui doit eftre toufiours
attaché à Dieu, eftant endormy, le malueillant n'y
furfeme de l'yuroie. Dites en
tout temps, *De nuict ie vous*

Aux Can.
chap. 3.

ay cherché, le bien aymé de mon
ame : où menez-vous vos brebis à l'herbe, où vous retirez-
vous sur le midy? Et quelques-
fois : *Mon ame s'est collée à* Pseau. 61.
vous, voftre main eft mon fup-
port. Et ce petit mot de Iere-
mie: *Ie ne me fuis point laffé en* En Ierem.
vous fuiuant. Car on ne fçait chap. 17.
que c'est que de trauail en Ifrael, & de douleur en la maifon de Iacob. Quand vous e-
ftiez dans le fiecle, vous ne pen-
fiez qu'à feruir à fes vanitez, &
vous n'employez vos foins que
pour vous efclaircir le vifage,
à y mettre le vermillon, à bien
vfer de vos eaux blanches, à
vous frifer, & à baftir vne
tour de cheueux empruntez

fur voftre tefte. Et cecy, pour
ne rien dire du prix des pendans d'oreilles , ny de la blancheur de vos perles parfaitement Orientales, pour ne point
parler du beau verd de vos é-
meraudes , de l'efclat de vos
rubis , de l'azur de vos hya-
cintes , qui font autant de
charbons pour allumer l'a-
uarice & la conuoitife des
Dames. Mais à prefent que
vous auez renoncé au monde,
& que par vne feconde profeffion apres le baptefme, vous
auez iuré folemnellement vne
hayne irreconciliable contre
voftre ennemy, difant : Ie te
detefte, Satan, ie n'adhere à
toy, ny à ton monde : à tes

pompes, ny à tes actions: fou-
tiens toy de ta promeſſe, tiens
la ferme, garde luy parole tandis que tu es dans les chemins
de cette vie, de peur qu'il ne
te face comparoiſtre deuant le
iuge, & qu'il ne te conuain-
que d'auoir retenu quelque
choſe du ſien : & là deſſus que
tu ne ſois miſe entre les mains
de l'executeur, qui eſt ton
meſme ennemy, qui ſera ton
accuſateur, & ton bourreau.
On te mettra en baſſe foſſe, &
dans les cachots les plus ſom-
bres, qui ſont dautant plus
effroyables qu'ils reçoiuent
moins de iour de la vraye lumiere qui eſt IESVS-CHRIST. Et
vous ne ſortirez de là qu'apres

auoir payé iufqu'au dernier de-
nier, c'eſt à dire, que les moindres fautes ne ferôt pas oubliées,
& qu'il nous faudra conter des
paroles oyſeuſes au grand iour
du iugement. Ie dis cecy ſans
vous porter mauuais augure, &
ſans faire le Prophete ; ſeulement i'aduertis, & fais comme
celuy qui prend ſoin de voſtre bien, & a de l'apprehenſion
pour ce qui vous touche, ne ſe
voulant pas meſmes fier à ce
qui ſemble le plus aſſeuré. *Si*
l'eſprit de celuy qui a la force de
ſon coſté court deſſus toy, dit
l'Eſcriture, *ne quitte point ta*
place, ne plus ne moins que ſi
nous eſtions en garde, & touſiours preſt à faire aſſaut : l'en-

En l'Eccle-
ſiaſte ch.
10.

my nous veut faire retirer, il
tasche de nous faire quitter nostre posté, affermissons nous &
disons: *Il m'a assis le pied sur la* An Pseau.
pierre, & la mesme pierre ser- 39. & 103.
uira de giste au lieure. Plusieurs
lisent aux herissons. Or l'heris-
son est vn petit animal peu-
reux, encore qu'il soit armé de
pointes, mais elles ne luy seruent que de charge. IESVS a
eu la teste percée de leurs pi-
queures, & a porté la peine de
nos pechez, endurant ce tour-
ment pour nous, afin que les
espraintes & espines des femmes grosses, ausquelles ces
paroles s'adressent: *Femme tu* Genef. 3.
acoucheras en douleurs & en an-
guisses, & tu recourreras à ton ma-

K iiij

ry, & *tu luy feras fubiette*, por-
taffent les rofes de la virginité,
& les lys de la chafteté. D'où
vient que l'efpoux fe nourit
parmy les lys , & auec ceux
qui n'ont point faly leurs ro-
bes, dautant qu'ils font demeu-
rés vierges , & ont obey à la
En Ifaie parole qui commande, *que les*
chap. 1. *habits foient touſiours blancs.* Il
parle en Roy, affeurément, &
comme pere de la virginité.
Ie fuis, dit-il, *la fleur du champ,*
& *le lys des valées.* Donc la
pierre eft pour les lieures, qui
fuient la perfecution de ville
en ville, & ne craignent point
Pfeau.141. ce mot du Prophete : *Ie ne*
fçaurois me fauuer à la fuite. Les
cerfs ont leur fort dans les

montagnes, où ils font curée
des serpens, qu'vn petit enfant
tire de leurs trous, tandis que
le leopard & le cheureau font
enfemble deſſus l'herbe, & que
le bœuf & le lyon mangent à
vne meſme mangeoire, non
pas afin que le bœuf apprenne la cruauté du lyon, mais
afin que le lyon reçoiue ſa
douceur. Retournons à noſtre
texte.

Si l'eſprit de celuy qui a la force *En l'Ec-*
en main vient deſſus toy, demeu- *cleſiaſtique*
re ferme, & ne quite point la *chap. 10.*
place: Pource, dit il incontinent
apres, *que le remede arreſte de*
grands pechez. Le ſens de ce
verſet eſt, que ſi le ſerpent ſe
gliſſe dans ta penſée, que tu

faces ton effort pour conferuer le cœur : & que tu chantes auec

Pfeau. 18. Dauid , *Seigneur , nettoye mes pechez fecrets, & pardonne à ton feruiteur ceux d'autruy.* C'eft le moyen de ne tomber iamais dans l'extremité du peché, qui s'acheue en l'action: mais il faut eftouffer en nos ames les premieres eftincelles du vice, & efcrafer les petits de Babylone contre la pierre, fur laquelle le ferpent ne fraya iamais. Auec cela, fois entiere en la promeffe

Pf.136. que tu feras à Dieu. *Quand les miens n'aurofint point de pouuoir fur moy , ie ne craindray point d'eftre faly , lors ie feray purgé du plus grand de mes pechez.* C'eft ce que l'Efcriture

dit en autre lieu: *Ie feray tomber* Exod. 1.
les pechez des peres fur les en-
fans, & fur la troifiefme & qua-
triefme generation. Il ne chaftie
pas fur l'heure nos penfées, &
les mauuais defirs de noftre a-
me, afin de nous punir dans
leur pofterité : qui n'eft autre
que les actions mefchantes, &
que la fuite des pechez côtinuez
qui en prouiennent. C'eft ce
qu'il dit par la bouche d'Amos.
Apres trois & quatre impietez En Amo
de cette ville, ne l'auray-ie pas ch. 1. &
en horreur? Cecy n'eft que pour
cueillir vn petit bouquet des
fleurs de l'agreable champ de
l'Efcriture, qui fuffira pour vous
aduertir de tenir le cabinet de
voftre cœur toufiours fermé,

& de rafraichir fouuent le fceau de la croix fur voftre front, de peur que l'Ange exterminateur de l'Egypte ne trouue chez vous quelque chofe qui foit fubiette à fa colere, & que les aifnez qui meurent chez les E-gyptiens ne foient perdus en voftre efprit : Bref que vous puiffiez dire auec le Prophete.

Pfau. 56. *Mon cœur vous eft preparé, mon Dieu, ie vous ay preparé mon cœur. Je chanteray & pfalmo-diray, leuez-vous ma gloire, le-uez-vous ma harpe, & mon luth.* C'eft l'inftrument de loüange que l'on commande de pren-dre à Tyr percée des pointes de toute forte de pechez, afin de luy faire faire penitence, &

de lauer les taches de ses anciennes ordures, comme sainct
Pierre, auec des larmes tres-
ameres. Toutesfois il vaut
mieux que la penitence nous
soit inconnuë, de peur que
connoissans ce retour, nous ne
pechions plus aisément. Qu'elle serue aux malheureux de secours, & d'vne seconde plan-
che apres le naufrage. Mais
pour vne vierge le vaisseau doit
estre entier. Ce sont deux choses bien differentes, de chercher ce qu'on a laissé aller, &
de conseruer ce qu'on ne perdit iamais. D'où vient que l'A-
postre chastioit son corps & le
traittoit en esclaue, de peur que
preschant aux autres il ne tom-

baſt luy - meſme en reproba-
tion. Il parle donc en la perſonne de tous les hommes,
ſentant les ardeurs de ſa chair
qui luy cuiſoient. *Malheureux*

Aux Rom·
chap. 7.

homme que ie ſuis, qui me deli-
urera de ce corps mortel? Et de
rechef: Ie reſſens aſſez, que le
bien ne loge pas chez-moy, c'eſt
àdire, dans ma chair. Veu que
i'ay les meilleures enuies du mon-
de: Mais quand ce vient au fai-
re, ce m'eſt comme vne choſe
impoſſible. Dautant que ie ne
fais pas le bien que ie deſire,
mais pluſtoſt le mal que ie déte-
ſte. Et vne autrefois. Ceux qui

Aux Rom.
chap. 8.

ſont charnels ne ſçauroient plaire
à Dieu. Quant à vous, ie n'e-
ſtime pas que vous ſoyez enfon-

cez dans la chair, mais bien
que vous estes dans l'esprit, si
tant est que l'esprit de Dieu loge
en vous.

Apres la veille du cœur, &
le grand soin que vous deuez
auoir de vos penfées, il faut se
seruir des armes du ieusne, &
chanter auec Dauid : *I'ay hu-*
milié mon esprit auec le ieusne, Au Pf.
34. & 101.
& ie mangeois de la cendre com-
me du pain. Et quand ie me sen-
tois persecuté, ie me reuestois
d'vn cilice. Eue fut chassée du
Paradis pour vn appetit déreglé : Helie au contraire fut emporté au Ciel dans vn chariot
de feu, apres vn exercice de
quarante iours de ieusne. Moyse en ayant fait autant, fut ras-

fafié par la conuerfation de Dieu mefme ; en quoy il fift paroiftre euidemment que,

En S. Mat. chap. 4. *L'homme ne vit pas feulement de pain, mais de tout ce qui fort de la bouche de Dieu.* Le Sauueur du monde qui nous a laiffé l'exemple de fes vertus & de fa vie, incontinent apres fon baptefme, fut emporté par l'efprit pour combattre le diable, afin que l'ayant vaincu & terraffé, il le fift fouler aux pieds de fes difciples. C'eft pourquoy l'Apoftre dit que, *dans* *Aux Rom. chap. 6.* *peu de temps Dieu renuerfe Satan deffous vos pieds.* Et neantmoins ce vieux rufé, apres quarante iours de ieufne luy parle de nourriture & d'vne

amorce

amorce de peché le, tentant
par ces paroles : *Si tu es Fils de* En S. Mat.
Dieu, commande que ces pierres chap. 4.
se changent en pain. Dans l'ancienne loy la trompette ayant
sonné le dixiesme iour du sept-
iesme mois, le peuple ieusne,
& celuy qui se laisse vaincre à
son appetit, faisant plus d'estat
de sa gourmandise que de l'abstinence commandée, est condamné à perdre la vie, & à
estre exterminé de son peuple.
L'Escriture, au liure de Iob,
parlant du dragon, dit, *que*
toute sa puissance est dans ses Au liure
reins. Nostre ennemy s'ay- de Iob ch. 38.
de de la chaleur de l'âge con-
tre les ieunes gens de tout
sexe, & tasche d'allumer la

L

roüe de noſtre naiſſance, rendant Oſée trop vray Prophete,
qui dit, *que tous les adulteres*
ont le cœur embraſé comme vne
fournaiſe : toutesfois par la miſericorde de Dieu , & auec la
fraiſcheur du ieuſne, le feu s'e-
ſteint. Ce ſont les fleches ardentes du diable, qui percent, &
bruſlét tout enſemble. Ce ſont
celles que le Roy de Babylone prepara aux trois enfans, faiſant allumer vn feu de quarante
neuf coudées de haut par deſſus la fournaiſe. Ce Tyran préd
auec cela, les ſept ſepmaines
pour perdre les ames, leſquelles
Dieu s'eſtoit reſeruées pour faire grace , & receuoir vn ſacri-
fice agreable pour le ſalut de

En Oſée
chap. 7.

son peuple. Mais comme pour
lors celuy qui faisoit le quatries-
me dans ce feu, & qui pa- *En Daniel*
roissoit auec vn visage d'enfant *chap. 11*
de Dieu, en appaisa les ardeurs,
& dans le furieux embrasement
de ce feu apprist aux flâ-
mes à perdre leur force, & ne
faisant peur qu'aux yeux, donner du plaisir à la main. Aussi
dans vne ame vierge, la rosée
du ciel, & la froidure du iesu-
ne abbattent la chaleur de l'â-
ge, & amortissent ses flames:
par leur moyen on acquiert v-
ne vie d'Ange dans vn corps
d'homme. Cet estat est si rele-
leué, que le vaisseau d'ellection
dit n'auoir point receu de commandement de Dieu pour y

obliger les hommes. Dautant
que c'eft contre l'inclination
de la nature, & au delà de fes
forces, de ne feruir pas à ce
à quoy elle nous a deftinez,
& eftouffer la racine de fa pofterité feul dans foy-mefme,
ioüyffant des fruicts de fa pu-
dicité, fans fçauoir que c'eft
que de lict, & de mariage:
n'auoir rien tant en horreur
que de toucher au corps d'vn
homme, & viure de telle forte
dans le fien, que mefme on ne
le fente pas. Or pour arriuer à
cette perfection, ie ne vous or-
donne point de ieufnes indif-
cretes, ny des abftinences effroyables, qui ne font bonnes
qu'à ruiner les corps delicats

du premier coup, & à faire
qu'auant que de se mettre à
l'obseruance, l'indisposition
leur oste le moyen de la garder.
Les Philosophes prononcent
vne sentence contre cet excez, disans en leur Grec ce
que nous pouuons expliquer
en nos termes, que les vertus
tiennent vn milieu, & que ce
qui baisse vers l'vn ou l'autre
des bouts est vn vice. C'est
pourquoy l'vn des sept Sages fait si haut sonner son
μηδὲν ἄγαν, c'est à dire, rien de
trop. Ce qui a esté si bien receu, que le Comique l'a voulu
mettre dans ses vers. Vostre
maniere de ieusner ne vous doit
point faire sangloter, ny vous

empefcher de refpirer, de façon
que vous ayez befoin des bras
de vos côpagnes pour vous emporter, ou pour vous fouftenir.
Apres que voftre penitence aura rompu la violence du corps,
elle vous doit laiffer entiere
pour l'vfage ordinaire de vos
lectures, de voftre chant, & de
vos veilles. Car à le bien prendre, le ieufne n'eft pas vne vertu parfaicte, mais vn fondement, & vne fanctification des
autres vertus, vne pureté fans
laquelle on n'arriue point à
voir Dieu : c'eft vn grand pas
pour ceux qui veulent s'efleuer, & toutesfois fi elle
n'eft accompagnée, elle ne
rendra pas la Vierge accom-

plie. Lifons feulement l'E-
uangile des Vierges fages &
des folles, & nous trouuerons
que les vnes font receuës dans
la chambre de l'Efpoux; & que
les autres, à qui l'huile des bonnes œures a manqué, ne por-
tans qu'vne lampe morte, n'y
peuuent auoir d'entrée. C'eft
vn grand champ que le difcours des ieufnes, dans lequel
nous nous fommes donnés carriere plus d'vne fois. Plufieurs
ont fait de grands traictés fur
le mefme fubiet, aufquels nous
vous renuoyons pour apprendre le bien qu'il y a d'eftre fo-
bre : & au contraire le mal où
nous engage le trop de bonne
chere. En vn mot imite ton

Efpoux. Rends de l'honneur &
de l'obeyſſance à ta grand' Mere, & à ta Mere : ne conuerſe
auec pas vn homme, principalement s'il eſt ieune, qu'en
leur preſence. Ne te donne
point la curioſité d'en vouloir
connoiſtre d'autres, que ceux
qui les viſitent. Les Propha-
nes tiennent pour maxime,
qu'vne parfaite amitié n'a qu'-
vn non, & vn oüy. Par leurs
exemples tu as apris à deſirer la chaſteté, à découurir la
volonté de Dieu, à reconnoiſtre ton mieux, & à faire v-
ne election de vie telle que tu
deuois : la maiſon t'a ſeruy d'eſ-
colle, & leur ſainte conuerſa-
tion d'enſeignemens. Et par-

tant ne vous glorifiez point de
ce que vous possedez toute seule, comme s'il n'appartenoit
qu'à vous: celles qui vous ont
imprimé au cœur les sentimens de leur pureté y ont
vne grande part. Vous estes
l'honneur de leur mariage, &
leur chaste couche vous a pro-
duite comme vne fleur rare,
qui portera des fruicts excellés,
si tant est que vous vous abais-
siez souz la puissante main de
Dieu, & si iamais vous n'ou-
bliez que *Dieu resiste aux su-* En S. Iac.
perbes, & qu'il donne sa grace chap. 4.
aux humbles. Or ce qui se donne par grace, n'est pas vn prix
de merite, mais vne liberalité
de celuy qui fait largesse, afin

que le dire de l'Apoftre fe ve-
rifie. *Que ce n'eft pas la courfe,*
ny le defir, qui l'emportent: mais
la bonté de Dieu qui nous l'o-
ctroye. Et neantmoins c'eft à
nous de le vouloir, ou de ne le
pas vouloir: & eftant fi entierement à nous, il n'y eft pas toutesfois, fi Dieu ne nous fait
mifericorde. Quant à ceux
que vous retiendrez à voftre
feruice, foit Eunuques, filles,
ou feruiteurs, choififfez-les
pluftoft aux mœurs, qu'à la
beauté du vifage, pour ce
qu'en tout fexe, en tout âge, &
en ces corps entamez pour y
enter vne chafteté violente &
cruelle, on doit auoir vn grand
efgard à la volonté, qui ne peut

Aux Rom.
chap. 5.

estre retranchée que par la
crainte de Dieu. Ne permet-
tez point de bouffonneries, ny
de libertez insolentes deuant
vous. N'entendez iamais parole deshonneste, & si elle vous
frappe l'oreille, ne souffrez-
pas qu'elle y entre. Il est des
esprits si corrompus, qu'à
moins d'vne demie heure de
conuersation, ils ont fait
leurs approches, & sont prests
d'enleuer l'honneur d'vne pauure creature. Laissez les risées
& la raillerie aux gens du monde: vostre profession vous oblige à garder plus de grauité.
Lucille escrit que Caton (c'est
le Censeur, qui fut le premier
homme de vostre ville, & de

fon fiecle, & qui s'eftant mis à
l'eftude de la langue Grecque
fur le declin de fon âge, n'eut
point de honte de s'y reduire
eftant Cenfeur : & ne perdit
pas l'efperance d'y reüſſir, e-
ftant fort vieux) ne rit qu'vne
fois en fa vie : ce qu'il dit auſſi
eftre arriué à M. Craſſus. Ie
veux croire qu'il ỳ auoit de
l'affectation dans vne feuerité
ſi contrainte : & qu'vn defir
de fe faire admirer du peuple
les a tenus dans cette grande
retenuë. Pour le moins pouuons-nous commander à nos
paſſions, & tenir nos defirs en
bride, encore que nous n'en
puiſſions arracher les racines
tandis que nous fommes en

ce monde, & que nous viuons
reuestus de la foiblesse de nostre
chair. D'où vient que le Prophete chante dans ses Pseau-
mes : *Faschez-vous sans offen-* Pseau. 4.
fer Dieu. Ce que sainct Paul
explique disant, *que le Soleil ne* Aux Eph.
se couche point sur nostre colere. chap. 4.
Pour ce qu'on se peut bien fas-
cher comme homme, mais
comme Chrestien, on se doit
appaiser promptement.

Ce seroit vn soin superflu
de vous bailler des aduis contre l'auarice. Vostre naissance vous a donné assez de richesses pour les pouuoir fouler
aux pieds : outre que l'Apostre
enseigne, que le desir déreglé
de posseder du bien est vne

efpece d'idolatrie: & le Fils de
Dieu luy-mefme refpondant à
celuy qui luy demandoit: *Sei-*

En S. Mat.
chap. 19.

gneur, quel bien faut-il que ie
face pour meriter la vie eternel-
le? Si tu veux eftre parfait, va,
dit il, vend tout ce que tu as, don-
ne-le aux pauures, & tu auras
vn trefor au Ciel, & fuis moy.
C'eft le comble de la grandeur
Apoftolique, & d'vne vertu
parfaite, de vendre tout, & de
le diftribuer aux pauures, afin
qu'eftans defchargez, l'on puiffe
s'efleuer plus legerement vers
le Ciel. On attend de nous,
mais pluftoft de vous, que nous
ordonnions de ce qui nous
touche, auec vne difpofition
fort reglée. Encore qu'en ce-

cy l'on ne force personne. *Si*
tu veux, dit-il, *deuenir parfait,*
ie ne t'y contrains pas, ie ne
t'y oblige point : seulement ie
te propose la palme, ie te fais
veoir le prix. C'est à toy de de-
liberer si tu veux courre, &
combattre pour emporter la
couronne. Et ie vous prie de remarquer combien la Sagesse
parle sagement. *Vends tout ce*
que tu as. A qui ie vous prie,
fait-elle ce commandement?
C'est au mesme auquel elle a-
uoit dit; *Si tu veux estre par-*
fait. Ne vends pas pour vne
partie de ton bien, mais le tout,
& quand tu en auras fait de
l'argent, que faudra-il que tu
face. *Donne-le aux pauures.*

Non pas aux riches, ny à tes
proches, ny pour fournir aux
excez d'vne defbauche, mais
pour fecourir celuy qui eft en
neceffité. S'il eft d'Eglife, ou
ton parent, ou ton alié : ne le
regarde que comme pauure, &
que les entrailles qui feichent
de faim te beniffent, & non pas
la graiffe de ceux qui ne fouf-
flent que les reftes de leurs feftins. Dans les Actes des Apoftres, lors que le fang de noftre
Seigneur, & la foy boüillon-
noient encore dans le cœur des
fideles, ils vendoient leurs heritages, & en apportoient le
prix aux pieds des Apoftres;
monftrans par là que les richeffes deuoient eftre foulées aux
pieds,

pieds. La distribution s'en faifoit à chacun selon ses besoins.
Il n'y eut qu'Ananias & Saphi-
ra, qui faisans leurs offrandes
auec vn cœur etrecy, ou pour
le mieux nommer, double, furent condamnez, sur ce qu'ils
présentoient vne chose desia
deuë à celuy à qui ils en auoient
fait le vœu, tout ainsi que si elle
euft esté encore à eux:tellement
qu'ils commettoient vn larcin,
reseruans vne partie de ce qui
appartenoit à autruy, & pour
apprehéder la faim:que la vraye
foy ne peut craindre, ils meritent deftre punisfur le champ,
non par vn iugement rigou-
reux, mais par vn chaftiment
exemplaire. Et en effet sainct

M

Pierre ne leur donne point la
malediction de mort, comme
l'infenfé Porphyre l'a calom-
nieufement aduancé; mais d'vn
efprit prophetique il annonça
l'arreft qui eftoit defia prononcé par la iuftice de Dieu : afin
que la punition de deux perfonnes feruift de leçon à plufieurs. Depuis que vous vous
eftes confacrée par vne virginité perpetuelle , vos biens ne
font plus à vous , que difie : ils
font pluftoft à vous, mais d'v-
ne nouuelle maniere , à caufe
qu'ils commencent d'apparte-
nir à Iesvs-Christ. Tandis
que Dieu vous conferuera voftre grand'Mere, & voftre Mere, vous ne difpoferez de cho-

ſe du monde que par leur aduis. Quand Dieu leur aura donné le repos des Sainēts, & qu'il
les aura appellées à ſoy (ie ſçay
bien que c'eſt leur ſouhait de
vous laiſſer apres elles) pour
lors, & quand l'âge aura meu-
ry vos conſeils , & vous aura
donné plus de reſolution, vous
en vſerez comme bon vous
ſemblera , ou pluſtoſt ſelon le
bon plaiſir de Dieu: tenant cecy
pour maxime, qu'il ne vous re-
ſtera de vos biens , que ce que
vous aurez employé en bonnes
œuures. Ie trouue fort bon
qu'on baſtiſſe des Egliſes, qu'on
reueſte les murailles de marbre,
qu'on face venir de loin des co-
lomnes enormes en grandeur,

qu'on dore leurs chapiteaux,
encore qu'ils n'en puiſſent ſen-
tir la gloire : qu'on meſle l'i-
uoire auec l'argent, pour ſeruir
aux portes : & que les perles
ſoient employées pour les autels. Ie n'ay rien à redire ſur cette deuotion ; au contraire ie
l'approuue grandement : chacun a ſes gouſts, & il eſt touſiours beaucoup mieux d'en v-
ſer ainſi, que de couuer ſes eſcus ſans vſage. Mais vous a-
uez vn autre deſſein, d'habiller IESVS-CHRIST en ſes
pauures, de le viſiter en ſes
malades, de luy donner à
manger en ceux qui ſouffrent
la faim, de le mettre à couuert, receuant les paſſans,

& principalement faisant du
bien aux fideles, qui sont do-
mestiques de la Foy, nourris-
sant les conuents de Vierges,
prenant soin des seruiteurs de
Dieu, & des pauures d'esprit,
c'est à dire de volonté, qui iour
& nuict seruent à vostre bon
Maistre, & demeurans en terre, ressemblent à vne compagnie d'Anges : qui n'ouurent la
bouche que pour loüer Dieu,
& se contentans d'auoir la vie,
& dequoy se couurir pauure-
ment, bornent leurs richesses à
ce point, sans en desirer dauantage, si tant est qu'ils demeurent dans leur sainct propos.
Que s'ils veulent quelque chose au delà du necessaire, ils sont

voir en cela qu'ils ne meritent pas mefmes d'en ioüyr. Iufques icy, ie n'ay efcrit qu'à vne vierge, riche, & noble. Ie veux maintenant m'entretenir auec vne vierge : c'eft à dire, que ie ferme les yeux à tout ce qui eft hors de vous, pour ne confiderer en vous, que vous-mefme.

Outre la Pfalmodie & l'ordre de vos prieres, que vous deuez garder inuiolables, à Tierce, Sexte, None, Vefpres, Mynnuit, & aux Matines : donnez vous certaines heures pour l'eftude de la fainéte Efcriture : d'autres pour y lire fans peine, & par forme d'entretien, pour la feule confolation & inftruéction de voftre ame. Et ce

temps acheué, auec les petites
prieres, que le foin de voftre ad-
uancement vous fera faire fouuent à genoux, ne quitez iamais la lai ne, employez-vous à
filer à la fufée, ou bien à deuider
les fufeaux dans leurs caffetes,
pour feruir aux tremes, mettez
en ploton ce que les autres auront filé, dreffez fur le meftier
ce qui doit eftre mis en œuure,
vifités les ouurages des autres,
reprenés-en les manquemens,
ordonnés de ce qui fe doit faire
chés vous. Si vous vous em-
ployés en cette gráde diuerfité
d'occupations, iamais vous ne
trouuerés les iours trop grands:
& encore que le Soleil d'efté
les allonge, ils feront touf-

M iiij

iours courts si vous n'oubliez
rien de vos exercices. Gar-
dant cecy , vous vous sauue-
rez, & beaucoup d'autres auec
vous , & montrant aux autres
à bien viure, vous ferez voftres
les merites de leur pureté que
vous conferuerez: dautant que,
comme remarque l'Efcriture,
L'ame de celuy qui n'a point
d'occupation, eft toute pleine de
mauuais defirs. Et ne vous per-
fuadez point d'eftre defobligée
de vous employer, à caufe que
par la mifericorde de Dieu, rien
ne vous manque: fçachez que
vous deuez trauailler auec toute la communauté , afin que
demeurant occupée à l'ouurage, vous n'ayez point d'autres

foins, que ceux qui regardent le feruice de Dieu. Et pour vous en parler fimplement, encore que vous diftribuiez tous vos reuenus en aufmones, les plus agreables à IESVS-CHRIST feront celles que vous aurez amaffées par vos mains, trauaillant, ou pour voftre propre vfage, ou pour feruir d'exemple à vos filles, ou pour vendre cherement à voftre Mere, & à voftre grand' Mere, la befongne que vous aurez faite au profit des pauures.

Ie me fuis prefque oublié d'vn point d'importance, qui eft, que lors que vous eftiez encore fort petite, du temps que le fainct Euefque Athana-

fe d'heureufe memoire gou-
uernoit l'Eglife Romaine, vne
fafcheufe bourafque d'herefie
fe leua du cofté de l'Orient,
qui penfa troubler & infecter
la pureté de la foy, que les A-
poftres auoient prefchée. Mais
cet homme d'vne tres-riche
pauureté, & d'vne vigilance
Apoftolique, ne manqua pas
d'abbatre cette malheureufe
tefte, auffi toft qu'elle fe fut
leuée, & ferma la gueule fif-
flante de cette hydre. Et dautant que ie crains, & mefme
que le bruit eft, que cette racine enuenimée pouffe encore en quelques vns, ie penfe
eftre obligé de vous aduertir
charitablement, que vous ayez

à vous tenir ferme en la foy du
sainct Pere Innocent son successeur en la chaire Apostoli-
que, & son fils spirituel : &
que pour prudente & auisée
que vous puissiez estre, vous
ne receuiez point de doctrine
estrangere : veu que cette sorte de gens a coustum de s'entretenir en cachettes, & à
l'oreille de la iustice de Dieu,
comme s'ils estoient en peine
de la iustifier, demandant
pourquoy vne ame est plustost
venuë en cette prouince qu'en
vne autre : pourquoy cestuy-
cy plustost né de parens Chre-
stiens, que ces autres, qui sont
sortis de gens Barbares & bru-
taux, lesquels n'ont aucune con-

noiffance de Dieu ? de forte
qu'ayant eftóné l'efprit des plus
fimples, par leur coup de fcor-
pion, & s'eftans fait vne grande entrée dans leur ame, ils y
refpandent leur venim tout ou-
uertement. Quoy ? difent-ils,
penfez-vous que ce foit fans
fubiet, qu'vn petit enfant, qui
à peine peut foufrire à fa Mere,
ou luy faire vne careffe, n'ayant
encore penfé ny à bien ny à
mal, fe trouue poffedé du diable, ou du mal caduc, qui eft
vn fecond demon, & qui luy
fait fouffrir ce que peu de perfonnes mefchantes endurent,
& ce que les meilleurs fuppor-
tent ordinairement. Que fi,
dient-ils, les iugemens de Dieu

sont veritables, & iustifiez en
eux-mesmes, & que l'iniustice
n'y a point de part : la raison
nous force de croire que les a-
mes ont vescu desia dãs le Ciel,
& que pour leurs vieux pechez
elles sont condamnées à demeurer dans les corps, ou pour
mieux dire, à y estre enseue-
lies: & que nous payons la peine
de nos anciennes dettes, dans
cette valée de larmes. D'où
vient que le Prophete confesse
qu'il a peché auant que d'estre Pf. 118.
humilié. Et en vn autre endroit
il prie que Dieu *retire son ame de* Pseau.141
la prison où elle est. Vn autre encore monstrant vn aueugle, demande si c'est luy *qui a offensé*
Dieu ou ses parens pour estre ve- En S. Iean
chap. 9.

nu aueugle en ce monde? & plufieurs autres paffages séblables.
Cette mefchante & mal-heu-
reufe doctrine regnoit anciennement dans l'Egypte & dans
l'Orient, & encores maintenant fe cache-elle dans l'efprit
de quelques-vns, comme dans
les trous des viperes, infectant
ces mefmes contrées, ou comme par vn mal hereditaire, elle fe nourrit entre peu de perfonnes pour fe communiquer
à plufieurs. Ie fçay bien que
vous n'eftes pas pour la receuoir fi l'on vous en parle, car
vous auez vos maiftreffes qui
font fçauantes aux chofes de
Dieu, & dont la creance eft le
canon de la vraye foy. Ie croy

que vous m'entendez à demy
mot, & Dieu vous donnera sa
lumiere en tout ce qui vous
sera necessaire. Vous n'auez
que faire de vous adresser incontinent à vn homme pour
apprendre à vous défaire des
assauts de l'heresie enragée, &
d'autres encores plus violents,
de peur qu'il ne semble que ie
vous aye donné vne adresse de
veoir des visages d'hommes,
au lieu de vous en destourner.
Principalement ne faisant pas
estat en cet ouurage de respon-
dre aux heretiques, mais de
donner de l'instruction à vne
vierge. Ie pense par la grace de
Dieu auoir euenté toutes les
mines qu'ils ont creusées pour

renuerfer la verité, dans vn autre traité que i'ay fait exprés,
duquel ie vous donneray la
veuë quand il vous plaira me
le demander ; car la marchan-
dife put , fi l'on preffe le mar-
chand de la prendre : & pour
eftre trop aifée , elle perd le
prix que la rareté luy fait ac-
croiftre.

Cependant vuidons vne
queftion que plufieurs font de
la vie folitaire, fçauoir fi elle
eft preferable à celle des Com-
munautez , comme la plufpart
eftiment. Ie dis pour moy, que
fi la folitude eft dangereufe
pour les hommes, de peur que
s'eftans fequeftrez des compagnies ils n'ayent de tres-mauuais

uais entretiens d'eux-mesmes,
& de leurs pensées, qui seront
impies ou sales : & que ne
connoissant personne qu'eux-
mesmes, ils ne s'en remplissent
au mespris des autres : & n'ai-
guisent leur langue contre les
Prestres seculiers & reguliers,
les deschirans de cette bouche
si bien descrite par le Prophe-
te. *Enfans des hommes dont les* Pseau. 58
dents sont vn ratelier d'armes,
& vn carquois de fleches : & la
langue vne pointe de poignard.
Le danger ne sera-il pas plus
grand pour les femmes, dont
les resolutions sont plus incon-
stantes, & les volontez moins
asseurées : car ne prenans regle que d'elles-mesmes, elles

NO

fe tourneront bien toſt au mal.
Ien ay connu de tous ſexes, qui
ont bleſſé leurs cerueaux par
des abſtinences indiſcretes, &
principalement ceux qui s'e-
ſtoient logez dans des cellules
froides & humides, dont ils
contractioent de ſi grands eſ-
tourdiſſemens de teſte, qu'ils
ne ſçauoient ce qu'ils faiſoient:
ny s'ils deuoient parler, ou ſe
taire. Quant à ceux qui n'ont
iamais receu de teinture des
bonnes lettres, s'ils ſe mettent
ſur les œuures de quelque perſonne eloquente, ils n'en retirent que du caquet, ſans autre
eſclairciſſement ſur l'Eſcriture, & neantmoins, ſelon le
prouerbe, n'ayans pas appris

a ... der, ils n'ont pas appris à
.. faire : & se meslent d'ensei-
gner l'Escriture saincte, que
iamais ils n'entendirent. Que
s'ils ont persuadé leurs resue-
ries à d'autres plus foibles qu'-
eux, ils tiennent aussi bonne mine que les plus habiles,
pour estre deuenus maistres des
ignorans, auant que d'auoir
esté escoliers des doctes. Et
partant c'est ttes-bien fait d'o-
beyr aux plus anciens, & aux
plus parfaicts, & apres auoir
appris d'autruy l'intelligence
de l'Escriture, en receuoir de la
conduite, pour le reglement de
la vie : & sur tout de ne prendre
iamais vn si mauuais maistre,
qu'est la presomption de nous-

N O ij

mesmes. L'Apostre dit de semblables femmes , *qu'elles font*
Aux Eph.
chap. 4.
& en la 2.
à Tim.ch.
3.
des giroüettes à tous vents de do-
ctrine, qui toufiours apprennent,
& n'arriuent iamais à la con-
noiffance de la verité.

Euitéz au refte tant que vous
pourrez les entretiens des Dames, qui fentent encore les douceurs du monde , & de leur mariage : de peur que voftre efprit
ne s'en altere , & que vous ne
foyez contrainte d'entendre des
difcours de mary à femme, & de
femme à mary. Telles compagnies font dangereufes, & portent vne forte de venim qui em-
poifonne l'oreille. L'Apostre les
condamne par vne bouche prophane, alleguant ce vers,

Les entretiens mauuais perdent 1. Cor. 15.
les bonnes mœurs.

Le Latin n'a pas rencontré la
cadence de l'iambique, pour le
vouloir rendre mot à mot. Prenez donc pour voſtre compagnie, des femmes dont l'âge &
les mœurs n'ayent rien que de
graue, & principalement des
vefues, ou des filles, de qui la
hātiſe ſoit bien reconnuë, & aſſeurée. Qu'elles ſoyent retenuës
en paroles, & touſiours accom-
pagnées d'vne ſainɛte pudeur.
Fuyez au contraire la liberté de
ces ieunes euentées, qui ſemblent ne porter vne teſte que
pour eſtre coiffée, de qui les
cheueux ſont contez par ordre,
qui en tiennent les coins aiuſtés

& bien tirez , la pointe proprement rabatuë deſſus le
front : qui vſent d'aydes à tein
pour ſe le fortifier , & pour
ſe conſeruer le cuir liſſé : qui
ſont touſiours bien couuertes,
la mâche iuſte, la robbe vnie, les
ſouliers ſoupples. En vn mot,
qui ne ſont vierges que pour
enrichir leur perte, & en auoir
plus de marchands. Or dautant que l'on reconnoiſt l'humeur des maiſtreſſes par celuy
des ſeruantes , & des compagnes ordinaires. Tenez pour
belle, pour aymable, & pour
fidelle , celle qui ne ſçait pas
ce qu'elle a de beauté, qui la
neglige , & qui eſtant contrainte de ſortir en public, n'y

va point la gorge ouuerte, ou
nuë iusques dessus les espaules,
qui ne rabat point son manteau pour monstrer le col,
mais au contraire s'en couure
le visage, & à peine le tient
elle ouuert pour regarder d'vn
œil, afin de se pouuoir conduire. Ie ne sçay si ie dois dire
encore vn mot: mais veille ou
non, puis que c'est vne chose
qui arriue souuent, ie ne m'en
puis taire : non que i'aye subiet de l'apprehender en vous,
qui peut estre ne sçauez que
c'est, & n'en entendistes iamais
parler: mais afin que les autres
soyent aduerties à vostre occasion. Que cecy donc serue
pour toutes. Vne fille qui fait

profeſſion de Virginité , doit
fuir côme peſtes , & poiſons de
la chaſteté, ces petits muguets
frizés,& poudrés, qui ſentent le
muſc, les parfums,& toute forte de peaux de ſenteur, deſquels
le Poëte dit tres-bien , que

    *Qui ſent touſiours le baume & *
     la ciuete,
    N'a pas touſiours vne odeur
    bien parfaite.

C'eſt pour ne rien dire de ceux
qui par leurs viſites importu-
nes font tort à leur reputation , & à celles des filles qu'ils
vont veoir. Et bien que cet
entretien ſe paſſe ſans offenſe,
la faute neantmoins n'eſt pas
petite, de s'expoſer ſans ſubiet
aux diſcours, & à la meſdiſan-

ce des infideles. Ie ne parle pas
de tous , mais seulement de
ceux que l'Eglise reprend, de
ceux qu'elle retranche de son
corps , & qui ont esté frappez
quelquesfois de l'anatheme des
Prestres & des Euesques : qui
rendent les lieux saincts & solitaires plus dangereux à celles qui manquent de bon-
nes inclinations, que les plus
grandes compagnies.

Quant à celles qui viuent en
commun, & sont plusieurs en
vn mesme Monastere, qu'elles
ne sortent iamais seules en public, & sás leurs Meres. L'oiseau
choisit bien souuent vn pigeon
apres l'auoir escarté de sa volée,
sur lequel par apres il se ruë,

pour faire vn pats de fa chair &
de fon fang. Les brebis malades
& qui ne peuuent fuiure le
troupeau, font defchirées par
les loups. Et pour moy ie connois quelques fainctes, qui ne
fortent iamais les iours de fe-
ftes, à caufe du grand con-
cours, & ne fe monftrent point
lors qu'elles ont befoin de fe
conferuer plus foigneufement,
& qu'elles doiuent eft retirées
de la veuë du monde. Il y a
enuiron trente ans que ie fis
vn traité de la garde de la Virginité, où ie fus contraint de
combatre le vice, & de def-
couurir quelques embufches
de l'ennemy, pour l'inftru-
ction de la Vierge à qui i'efcri-

uois. Plusieurs se sentirent blessez de ce discours, & chacun
y reconnoissant ses actions me
prit à party, comme si ie ne
l'eusse pas tant fait pour aduertir, que pour accuser. Mais dequoy leur a serui ce grãd bruit,
& d'auoir animé contre moy,
vn gros de malcontans ? qui ont
tesmoigné par leurs cris, où la
conscience les blessoit ? Le liure
est demeuré, & les hommes s'en
sont allez. I'ay escrit tout plein
de petits ouurages à des vieges,
& à des vefues, où ie pense a-
uoir touché ce qui se pouuoit
dire là dessus : de sorte qu'il ne
me reste plus rien à dire de
nouueau, & le redire seroit vn
trauail inutile, & peut estre

dangereux, qui feruiroit maintenant de piege à quelques vns,
fi ie voulois remarquer tout ce
que i'ay oublié. Le bien-heureux Cyprian nous a laiffé vn
œuure rare de la Virginité, &
plufieurs autres ont couché la
vie de faincte Agnes tant en
Grec qu'en Latin : fa vertu a
efté loüée en toute forte de
langues & d'efcrits, principalement dans l'Eglife. Mais ces
traictés n'appartiennent proprement qu'à celles qui ne fe
font pas encores arreftées à la
virginité , & qui ont befoin
d'eftre exhortées , pour connoiftre ce à quoy elles fe doiuent refoudre. Qant à nous,
conferuons-nous dans noftre

choix, & fauuons-nous au trauers des scorpions & des cou-
leuures, la ceinture sur les reins,
les pieds chauffez, & le baston
en la main pour passer au milieu des piéges & des venims
de cette vie, afin de pouuoir
arriuer aux eaux douces du
Iourdain, entrer dans cette
terre promise, & monter en
la saincte maison de Dieu, pour
dire auec le Prophete, *Seigneur,* Pseau. 25.
la beauté de voftre maifon m'a
rauy, & la demeure de voftre
gloire, Ou bien. *I'ay demandé & 26.*
vne chofe à Dieu, ie l'en priray
à iamais: qu'il me permette d'v-
fer les iours de ma vie dans la
maifon de mon Seigneur & de
mon Maiftre. Bien-heureufe la

confcience, & bien heureufe
la Vierge qui n'a autre amour
que celuy de IESVS-CHRIST,
qui eft la mefme Sageffe, la
mefme chafteté, la patience, la
iuftice, & toutes les vertus enfemble : & laquelle ne foufpi-
re point quelques fois penfant
à vn homme mortel, & n'a
defir de veoir celuy, qu'elle auroit de la peine à quitter. Il eft
des Vierges de nom, qui ont
de fi mauuaifes conduites,
qu'elles deshonorent leur profeffion, & terniffent la gloire
d'vne compagnie toute celefte
& Angelique. C'eft à elles qu'il
faut dire nettement qu'elles
penfent à vn mary, fi elles ne
peuuent fe commander : ou

qu'elles se retirent tout à fair, si
elles ne veulent pas se resoudre
au mariage. Mais n'est-ce pas
chose digne de risée, ou plustost de larmes, qu'vne seruan-
te qui se dit Vierge, soit plus
parée que sa Dame quand elle
va en public? & que cecy soit
tellement ordinaire, qu'on
connoisse auiourd'huy la Mai-
stresse au plus simple habit.
Quelques autres prennent des
logis toutes seules, & à l'escart,
pour y auoir moins de contrainte, pour aller librement
aux bains, pour viure à leur
mode, & n'auoir point de personnes qui les esclairent. Nous
voyons cecy, & l'endurons:
& pourueu que nous tirions

quelque profit d'elles, nous les faifons paffer pour Beates. Ma fille ie finy par où i'ay commencé. Aymez la fainęte Efcriture, & la Sageffe vous aymera : foyez-luy affeętionnée, & elle vous conferuera : rendez-luy de l'honneur, & elle vous embraffera : enchaffez fes pierreries dans voftre cœur, & faitez-en vos pendans d'oreilles : que voftre langue ne trouue plus de paroles que pour Iesvs-Christ, qu'elle ne ferue qu'à chofes fainętes, & qu'apres Dieu, vos plus doux entretiens foyent de parler de voftre Mere, & de voftre grand' Mere, dont l'imitation eft vne forme de vertu tres-accomplie.

ADVIS

ADVIS
SVR LA LETRE
DE S. AVGVSTIN
A LICENCE.

SAINCT *Paulin donne de grands esclaircissemens sur cette letre, en celle qu'il escrit à Romanian, pere de ce ieune homme, qu'il attaque sur la fin de la mesme letre, & le presse viuement de se ranger au point où le desiroit sainct Augustin, qui le luy auoit recommandé fort particulierement, & comme il parle luy mesme, auec*

P

vn ſoing tres-ardent. Il en auoit
eſté le maiſtre, & ſçauoit la portée de cét eſprit : outre qu'eſtant
couſin germain d'Alipe , il entroit bien auant dans ſon ado-
ption ſpirituelle. Or touchant de
ſi prés à Auguſtin, il ne pouuoit
qu'il ne fuſt tres-cher à Paulin,
qui l'honoroit plus que ſon pere.
Ioint auſſi que la qualité de Licence le rendoit recommandable:
dautant qu'il eſtoit de maiſon, &
cette naiſſance, le faiſoit penſer à
des Conſulats imaginaires, où en
cas qu'il ſe donnaſt à l'Egliſe , il
ne ſe promettoit rien de moins
que des Eueſchez. Eſtre ieune,
de bon lieu , de bon eſprit, & ſçauant, ce n'eſt pas eſtre ſans occa-
ſion de vanité. Sainct Paulin le

seruit selon son goust, luy donnant quelques traits de louange.
Et sçachant qu'il se plaisoit à la
musique, & à la Poesie, apres l'a-
uoir presché en Orateur, il l'ex-
horte encore en Poete à se retirer
du monde. Mais pour persuader
ce grand mot, toute sorte d'eloquence est foible, il faut que Dieu
parle luy mesme, encore n'est-il
pas tousiours escouté.

La passion que Licence auoit
tres-forte pour la musique, &
pour la Poesie, fait iuger que son
esprit estoit poly, veu qu'il n'est
point d'adoucissement pareil à celuy qui viet de ces estudes. Et c'est
à tort que quelques personnes de
mauuaise humeur, les ont nommées
amusemens de gens oysifs. Les

parterres & la broderie, ne font
pas le reuenu des Iardins, & neāt-
moins on ne peut dire qu'ils n'en
foient les plus agreables pieces, &
que les yeux ne s'y arreſtent plus
que deſſus les verdures qui ne
font priſées qu'au marché. Pour
reuenir à ſes vers, le commencement, & la fin, ne parlent que de
muſique : le milieu eſt tout de
proteſtations d'amitié , d'honneur , & d'obeyſſance enuers ce
cher Maiſtre: & en preuue de ſa
fidelité, il luy deſcouure le ſecret
du cœur, & le combat qu'il fouf-
fre pour ſe reſoudre à vn party.
Ie l'ay ſuiuy ſur ces briſées, ſans
m'arreſter à compter ſes pas;
n'ayant pas eſté en mon poſſible
de le ſuiure de plus prés, tant

son enthousiasme est libre, &
plein de boutade, qui l'emporte
presque à chaque vers. La Poesie de ce siecle-là, est ainsi bouil-
lante, & suit les humeurs du
temps qui estoient ardentes. En
quoy elle ressemble aux eaux de
naffle, & d'autres fleurs qui sont
distilées par le feu, duquel elles en
retiennent tousiours quelque degré d'empyreume. En recompense
ie me suis attaché religieusement
au discours de sainct Augustin,
sans m'esloigner de ses paroles,
qui ont vne force particuliere,
que l'on ne peut assez respecter. Ie
ne desire pas neantmoins que ces
deux façons de traduire brisent
vne letre en trois, comme ont fait
ceux qui ont voulu conter la

Poesie de Licence pour la qua-
rantiesme des letres de sainct
Augustin. Le fil du discours
fait paroistre leur mesconte fort
apparent. En cela i'ay suiuy Lou-
uain, & du rang qu'ils luy donnent dans le corps des letres de ce
Sainct, quoy que peut-estre tous
ne se tiennent pas à leur chiffre,
mais ce debat n'entre point dans
mon dessein.

Quant au nom de Licence,
il peut estre qu'on le trouuera
mieux, changé en celuy de Licen-
tie, aussi bien que celuy d'Eucher
en Eucherie : mais ie craindrois
qu'vne terminaison si mole, ne les
fist prendre pour noms de femmes. Ioint que nostre langue ac-
courcit assez librement les noms

propres eſtrangers, quand ils paſ-
ſent quelque nombre de ſyllables
qui luy ſont plus ordinaire; ce qui
ſe void en celuy d'Antinous,
dont nous faiſons l'Antin , &
l'Antinot. Le meſme arriue à
mile autre. Mais à n'en rien diſ-
ſimuler l'oreille me l'a fait ainſi
iuger ; ie penſois auoir d'autres
regles , touteſfois rencontrant
ſous vne meſme cadence Latine,
Suetone , Antoine , Sempronie,
ie me ſuis trouué en defaut , &
ay renoncé pour ce coup à la
Grammaire. Que ſi l'vn ou
l'autre vous offenſe , effacez-les
tous deux (mon cher Lecteur)
& au lieu du nom de Licence,
ou de Licencie , mettez-y le voſtre, à fin que vous preniez plus

de part à cette lettre, & qu'vn
si grand personnage puisse parler à vous comme à vous, auec
effect.

LETRE

DE S. AVGVSTIN
A LICENCE.

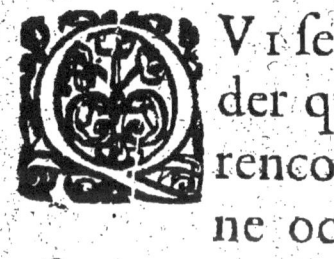 V I se pourra persua-
der que ie n'aye peu
rencontrer vne bon-
ne occasion de vous
escrire. Ie n'oblige personne à
le croire sinon Licence, puisque
ie l'asseure : Et luy défend la cu-
riosité d'en rechercher les raisons que ie pourrois bien produire, n'estoit que la creance
qu'il me doit, m'en desoblige.

Ie vous diray neantmoins que
ie n'ay pas receu voftre letre
par gents qui vous en peuffent
porter les refponfes. Pour la demande, ie l'ay faite, auec vne
letre autant forte que le fuiet,
& voftre priere, le meritoient.
Si i'ay operé quelque chofe,
vous-vous en aperceurez. Ie
n'ay que cecy à vous dire pour
les broüilleries de ce monde.

Il faut maintenant que ie
vous ouure mon cœur, & que
ie vous explique en peu de
mots la peine où me mettent
les iuftes pretenfions que vous
deuez auoir de l'eternité, &
comme quoy vous y pourrez
arriuer. Ie ne le vous puis diffimuler (mon cher Licence) ie

crains fort que n'ofant vous
lier au feruice de la fageffe, vous
ne le foiez dangereufement aux
fotifes de ce monde. Peut-eftre
ne fçauez vous pas que ceux
que la fageffe a tenus quelque
temps dans cette efpece de cô-
trainte qui vous fait peur, n'y
laiffent pas leur liberté : ce n'eft
que pour rompre leur fougue,
& les rendre plus traitables. Elle en lafche bien toft le nœud,
& les ayant mis au large, elle
mefme fe donne à eux, & ne les
tient plus que des bras de fa charité. Changeant ce qu'elle leur
auoit fait fentir de dur pour vn
temps, en vn embraffement
eternel. Et n'eftimez pas qu'il
y aye au monde rien de ferme,

& d'agreable comme ce lien.
I'aduoüe que le premier arreſt
qu'il nous fait faire, n'eſt pas
ſans peine. Mais neantmoins ie
ne ſçay comment le nommer,
veu que pour eſtre fort, il n'eſt
pas rude; & dans ſa douceur il
n'a rien de mol. Trouuez donc
vne parole qui faſſe entendre
ſon effect, qui ſe peut moins expliquer, qu'eſtre creu, aymé &
eſperé. Quant au monde, il eſt
certain que ſes liens n'ont qu'v-
ne apparence de délicateſſe, qui
ne ramolit pas leur cruauté, tellement que la douleur en eſt
aſſeuree, & le plaiſir fort douteux; le trauail rude, & laſſant;
& le repos plein d'inquietude.
En vn mot c'eſt vne vraye mi-

sere , & vne faulse beatitude.
Et tu te iettes pieds & poings
dedans ces fers , te veux-tu
obliger à leur pesanteur, cher-
chant les charges & les honneurs, auec vn si grand trauail?
Pauure Licence, tu t'empresse
pour te ietter dans vne condition où tu ne deurois entrer, ny
par prieres, ny par force.

I'attends que tu me fasse la
response du valet de Terence.

L'vn me verse les mots , &
l'autre la sagesse.

Ouure donc l'oreille , & fais
que ie l'y verse sans la respandre
mal à propos. Que si tu me laisse chanter , & ne danse que
pour vn autre. Ie n'y perdray
pas toutes mes peines, au moins

ie me payeray par mon chant,
& la satisfaction que i'en tireray me sera aussi douce que si
celuy pour l'amour de qui i'ay
commencé la chanson , en a-
uoit fait mille cabriolles.

Le docte liure de *Varon*,
*M'*enuoira plustost voir *Caron*,
*Q*ue de m'apprendre la cadence,
*Q*ui fait , que grauement les
    Dieux,
*P*ortez du mouuement des
    Cieux,
*E*t de leur son, vont à la dance.
*M*ais vous qui sçauez les
    accords,
*E*t la musique de ces corps,
*D*onnez moy iour dans cét ou-
    urage:
*P*our refuser vn indiscret,

Protée riche d'vn secret,
En fut dépouillé par outrage.
   Si quelques heureux mou-
     uemens
Pouuoient me rendre les mo-
     mens,
Qui me font aymer l'Italie;
Au premier de nos entretiens,
Blasphemant des Elysiens,
Ie les appellerois folie.
   Commandez moy ie suis à
     vous,
Il n'y a porte ny verrous
Qui tiennent mon obeissance.
Le plus haut des monts est trop
     bas
Pour le plus petit de mes pas,
Si vous desirez que i'auance.
   Ie ne redoute qu'vn malheur,
Qui se rend maistre de mon cœur:

Ie ne sçay quel Demon me tenté,
Mais le plus ardēt de mes veux,
Est de me ietter dans les feux,
Ou de viure dans la tourmente.

Cruels auortons de desirs,
Deuez vous troubler mes plai-
sirs,
Qu'ay-je fait à ma destinée?
Se plaint-elle que ma vertu
Luy ait son pouuoir debatu,
Pour me liurer à l'Hymenée?

Ces transports m'esloignent
de moy,
Mais Augustin non pas de toy:
Auant qui m'en prenne l'enuie;
Les poles se soient abouchez,
Le Ciel & la terre touchez,
Du heurt que i'en perde la vie.

Ie sçay qu'vn amour reuolte,
Esbranlant vn cœur mal enté,

Le

Le pourroit bien faire déprendre.
Mais qui n'a party l'vnité,
Et mis vn point en quantité,
Sur nous ne peut rien entreprédre.

    Ie meurs de comprendre les
    sons,
I'en attend de vous les leçons;
Vous sçauez trop biē la musique
Pour me faire vn mauuais ac-
    cord:
Si mes desirs ne vont à bord,
Biē tost vous me verrez Ethique.

    Ainsi le Po deuenu Roy,
Chez Neptune porte l'éfroy,
Trainant la pompe de son onde.
Sa Corne rompant son tridan,
Fasse que fuiant l'Eridan,
La mer en deuienne profonde.

    Il y a quelques mots dedans
cette Poësie qui m'ont touché,
                Q

mais l'affaire de voſtre ſalut me
frape trop ſenſiblement pour
vous en entretenir à cét'heure.
Si vos vers manquoient de cadence , ſi les loix de l'art y é-
toient mal obſeruées , ou ſi faute de meſure , les mots bleſſoiét
l'oreille, vous en rougiriez ; &
ne vous donneriez point de
patience, que vous ne les euſ-
ſiez tant de fois renuerſez, &
corrigez , qu'ils en demeuraſ-
ſent adoucis : vous opiniaſtre-
riez le trauail, & ne quitteriez
point l'eſtude que vous n'euſ-
ſiez emporté toutes les reigles
du vers. Pourquoy donc vous
ſouffrez vous ſi hors de regle,
& d'eſcole : & ſi peu ſoigneux
d'obeyr aux loix de Dieu , &

aux prieres des voſtres qui vous
appellent à vne condition de
vie plus raiſonnable, & plus digne d'vne ſcience que vous deuez accorder auec vos mœurs.
Ce deſordre vous ſemble ſi petit, que vous en iugez le ſoin
ſuperflu, ne plus ne moins que
ſi le ſon d'vne parole valoit
mieux que la bouche qui la
prononce; ou que ſe fuſt vne
moindre offenſe de frapper les
oreilles de Dieu du mauuais
concert de vos actions, que de
tomber ſous la cenſure d'vn
Grammairien iuge de ſylla-
bes. Ce ſont icy vos ſouhaits.

Si quelques heureux mou-
uemens

Q ij

Pouuoient me rendre les mo-
mens,
Qui me font aymer l'Italie;
Au premier de nos entretiens,
Blaſphemant des Elyſiens,
Ie les appellerois folie.

    Commandez moy ie ſuis à
vous,
Il n'y a porte ny verrous
Qui tiennent mon obeiſsance.
Le plus haut des monts eſt trop
bas
Pour le plus petit de mes pas,
Si vous deſirez que i'auance.

    Ie ſuis donc bien malheureux
ſi ie ne le deſire, ſi ie ne le commande, ſi ie ne vous en preſſe,
& ne vous en prie. Mais ſi vous-
vous defendez de mes prieres,
du moins ouurez les oreilles

pour vous mefme, & pour vos
beaux vers : ne vous refufez pas
la courtoifie. Efcoutez vous,
cruel, impitoyable, méchant
fourd ? Dequoy vous fert d'a-
uoir vne langue d'or, & vn
cœur de fer. Que n'ay-ie des
vers, ou pluftoft des larmes
pour deplorer cette poëfie qui
me fait voir vne ame excellente, & vn efprit rare, que ie ne
puis arrefter pour le facrifier
comme ie defirerois à Dieu. Ie
croy que vous attendez que ie
vous commande, que vous ayez
à deuenir bon, & à vous mettre
dans le repos, & dans le plaifir ?
Et puis-je voir vn meilleur iour
que celuy qui me mettra en
poffeffion de cét efprit, que ie

246 Letre de S. Augustin
veux saisir pour mon Dieu.
Vous recognoistrez vous mesme, dans vos vers, la soif &
l'appetit que i'en ay. Remetez
vous donc dans la chaleur qui
vous fit escrire.

Commandez moy ie suis à vous.

Ouy ie le commande, venez
à moy. Ne tient-il qu'à le dire,
rendez vous à Dieu à qui vous
appartenez aussi bien que moy.
Et de qui vous tenez l'esprit,
dont vous abusez. Se doit estre
à luy, puis que ie ne suis que son
seruiteur, & le vostre, selon luy,
& vostre confrere en ses pouuoirs. Obeyssez à son commandement, oyez ce que dit l'Euan-
En sainct gile, IESVS *se tenant debout*
Matth. *crioit, vous qui estes en peine,* &
chap. 11.

gemiſſez ſous vos charges, venez
à moy, & ie vous renforceray.
Receuez mon ioug, & apprenés
de moy que ie ſuis debonnaire,
& humble de cœur, & vous y
trouuerez le repos de vos ames:
mon ioug eſt doux; & ma charge eſt tres-legere. Si cecy ſe dit ſi
haut, & ne peut entrer dans vos
oreilles: attendez vous Licence, qu'Auguſtin ſeruiteur comme vous, commande pluſtoſt à
ſon frere que de ſe plaindre du
peu d'eſtat que vous faites de
ſon Maiſtre, qui ne peut eſtre
obey commandant le meſme;
que diſ-je commandant, il s'ab-
baiſſe iuſques à la priere, quand
il inuite ceux qui ſont trauail-
lez, de ſe délaſſer auec luy: & le

tout fans effet. Sera il dõc vray
qu'vn courage temeraire faffe
l'affront à Iesvs Christ, de faire
croire que fon ioug foit plus in-
fupportable que celuy du monde. De luy dif-je qui nous pouuoit obliger au trauail, par fon
merite, & par le prix de la recompenfe. Va voir dans la Chã-
pagne de Rome ce braue Paulin, ce grand feruiteur de Dieu,
& tafche de fçauoir quel eft le
fardeau de vanité, dont il s'eft
défait: & ce dautant plus genereufement, qu'il l'a fecoüé plus
humblement, & plus promptement, pour ployer fous le ioug
de Iesvs Christ, qui le gouuerne maintenant, & le fait viure doucement, & heureufe-

ment fous fa conduite. Vais
dif-je vais , & admire les richeffes de ceft efprit qu'il im-
mole tous les iours: & comme
il paye à fa bonté ce qu'il en a receu, craignant de tout perdre,
s'il le met en d'autres mains que
celles qui luy ont donné. Qu'a-
tens-tu ? à quoy te refous-tu?
Pourquoy te laiffes-tu empoi-
fonner l'oreille du venin des voluptez, qui t'entretiennent de
leurs refueries, & tu ne me l'as
peu prefter pour vne verité qui
t'importe. Ne fçais-tu pas que
ces voluptez font trompeufes,
qu'elles periffent, & font perir.
Elle trompent Licence , *ainfi*
puißions nous voir le vray, &
qu'ainfi l'Eridan regorge, puis
que tu le defire.

·

Mais il n'y a que la verité qui die le vray, ou IESVS CHRIST diroit le faux ; alons à luy de peur d'estre foulez, receuons son ioug pour estre fortifiez, & pour apprendre de luy comme il est doux, & humble de cœur: nous y trouuerons le repos de nos esprits. Son ioug est facile, & sa charge tres-legere. Sçache Licence que le dessein du Diable est de se reparer des richesses de ton esprit. Si tu auois trouué vn calice en ton chemin, tu en ferois present à l'Eglise. Et Dieu t'ayant donné vn esprit d'or du Ciel, tu l'employe au seruice de la volupté, & tu détrempe ton cœur dans cette couppe prophane que tu pre-

sente à Sathan. Ne le fais pas,
ha ne le fais pas? Ie t'en prie, ie
t'en coniure: & puisse tu estre
touché de mes resentimens, &
des playes que tu fais à vn cœur
qui saigne en escriuant cecy.
A fin que si tu ne pense plus à
toy, du moins que l'extremité
de mes peines te fasse vn peu
de compassion.

ADVIS
SVR LA LETRE
DE SAINCT EVCHER
A SON COVSIN
Valerian.

I cette traduction semble trop libre en quelques endroits, & approcher de la paraphrase, ie vous prieray, mon cher Lecteur, de considerer que pour rendre cette letre Françoise sans luy faire tort,

deux chofes y eftoient neceffaires.
L'vne d'exprimer nettement les
hautes & fortes penfées de fon
autheur, qui fe trouuent bien fouuent ferrées, & demy eftouffées
dans le ftyle de fon temps. L'autre, de faire paroiftre l'air & la
gentilleffe dont elle eft efcrite; qui
confifte en vne certaine politeffe,
viue neantmoins, & penetran-
te. La premiere m'a obligé à ouurir ce qui n'auoit pas affez de
iour : l'autre m'a fait rechercher
quelquesfois l'equiualent, ne
pouuant fi iuftement rendre le
change en vne monnoye eftran-
gere. Outre que ce Latin du bas
Empire, quoy qu'excellent en fon
genre, eft brufque & fort libre
en fes liaifons, brifant bien fou-

uent à demy-mot. Nos difcours
font plus vnis, & la douceur de
noftre langue demande quelque
chofe de plus remply. En tout cas,
retranchez ce peu d'ayde que i'a-
porte au fens de l'Autheur, &
vous aurez vne verfion regulie-
re; veu que ie ne penfe pas y auoir
rien oublié du difficile, ou du ne-
ceffaire; mais à mon iugement elle vous contentera moins que celle-cy, qui eft neantmoins ce que ie
defire le plus, apres le fruiſt que
ie prie Dieu de vous en vouloir
faire recueillir.

Quant à fainſt Eucher, les
Martyrologes, & l'Hiftoire nous
apprennent, qu'il fut Gentilhomme Lyonnois, du rang des
Senateurs, & depuis deuot, &

sçauant Religieux, auquel estat
il perseuera iusques à ce que son
merite estant descouuert par vn
Ange, il fut forcé par ses Citoyens de prendre la charge d'E-
uesque de sa mesme ville, qui
fut enuiron l'an de IESVS CHRIST
433. le premier an du Pontifi-
cat de Sixte III. & le vingt-
cinquiesme de l'Empire du ieune Theodose, sous Clodius ou
Clodion, second Roy des François, le cinquiesme an de son Regne. Il assista au premier Con-
cile d'Orange, & mourut l'an
449.

Pour son eloquence, sainct
Hilaire, Euesque d'Arles, en
fit l'eloge en trois mots : quand
ayant receu la letre qu'il luy en-

uoyoit, des loüanges de la solitude, escrite sur des tablettes ci-
rees, à la façon de ce temps-là:
Il luy rescriuit, qu'il auoit remis
le miel dedans sa cire.

LETRE

LETRE
DE S. EVCHER
A SON COVSIN
Valerian,

Du mespris du monde.

E v x-là sont heureu-
semét conioints par
la nature, qui le sont
aussi par l'amitié.
C'est dequoy vous-vous pouuez vanter aussi bien que moy,
mon cher Valerian , par la fa-

R

ueur de celuy qui a voulu que
nous fussions aussi estroite-
ment liez d'vne saincte charité,
que des bras de la chair, & du
sang. C'est vne chaisne que
nous auons receuë de nos parens; mais nous-mesmes l'auons
noüée. Or ce double nœud de
nature , & d'amitié m'a fait
craindre vostre perte , comme
celle à laquelle la mienne est attachée de trop prés , pour en
perdre le sentiment. Et c'est ce
qui m'a obligé à vous faire la
presente vn peu plus longue,
pous vous recommander effi-
cacement l'affaire de vostre salut; & vous prier de vous vouloir asseurer cette felicité, dont
les plaisirs sont immortels , &

pour l'amour defquels nous faifons profeffion d'eftre Chreftiens. Ie n'en ay peu efperer vn
parfait contentement, fi celuy
que ie cheris comme moy-mefme n'y auoit part.

Ie fçay bien que vous ne pouuez eftre efloigné de cette faincte refolution, puis que vous y
eftes porté par la bonté de voftre naturel, qui s'eft trouué
tout formé à la vertu fans autres preceptes: fi bien qu'il femble que la nature vous ayant
fait naiftre pour la deuotion,
elle vous aye auffi receu la premiere à fes exercices, qu'elle a
preuenus, vous oftant les difficultez que tous les autres y rencontrent. C'eft vne liberalité
R ij

de noſtre bon Maiſtre, qui n'eſt
pas petite, d'auoir fait que vos
inclinations s'accordent auec
ſes conſeils, qui pour cét effect
n'auront qu'à meurir ce que la
nature vous a donné.

Mais, pour Dieu, que les
honneurs qui vous enuiron-
nent de tous coſtez, & dont les
plus eſclatans, & qui vous touchent de plus pres, ſont ceux
du pere, & du beau-pere, ne
vous eſblöüyſſent point de leur
luſtre. Ils ſont grãds, à la verité,
mais non pas aſſez pour le deſir
de celuy qui vous ſouhaite encore plus grand; & au deſſus de
toutes les grãdeurs de la terre: &
voudroit vous voir donner deſ-
ja dedans le Ciel. C'eſt où ie

vous defire, Valerian, & où ie
vous prie de porter voftre ambition, & non pas de la borner
dans la gloire d'vn fiecle, pouuant efperer celle de tous les
fiecles enfemble. Il n'y a que l'e-
ternité de cét honneur qui ne
peut fleftrir, dont l'on fe puiffe
vanter fans tache de vanité. Or
pour vous en parler fainement,
ie ne le fçaurois faire auec les
paroles de la fageffe de ce fiecle:
c'eft pourquoy ie les emprun-
teray de celle qui eft plus profonde, dont le fecours nous fut
deftiné de Dieu auant tous les
fiecles, pour nous porter au delà de tous les fiecles. Que fi
peut-eftre en efcriuant, ie femble m'oublier de moy-mefme,

n'en accusez que mõ affection,
qui me fait plus entreprendre
quand il y va de noftre amitié,
& du bien que ie vous defire,
que ne me permettent mes
forces.

Vous remarquerez donc,
Valerian, que la premiere deb-
te que l'homme contracte venant au mõde, eft enuers Dieu,
auquel il doit la recognoiffance
de creature à Createur : & en
cette qualité , vn culte, &
vne offrande de ce qu'il a receu
de luy, c'eft à dire, de fa vie; ne
l'employant que pour le feruice
de celuy de qui il la tient : afin
que l'ayant receuë fans la meriter, il la merite en la retenant,
& ne l'vfant qu'à fon feruice.

Veu que c'eſt vne creance que
nous auons tres-bien fondée,
que nous ne ſommes pas ſeulement ſortis, & comme eſclos
par la chaleur de ſon amour,
mais encore que nous ne deuõs
viure que pour luy. C'eſt rencõ-
trer le deſſein du Createur, &
penſer hautement de noſtre fin,
que de ſe perſuader que quand
il voulut former l'homme, il le
tira du ſein de ſa bonté pour ſe
faire aymer de luy. Tellement
que noſtre premier & principal
ſoin, doit eſtre de ſeruir à Dieu.
Et le ſecond, à noſtre ame, afin
que celle qui nous eſt la plus neceſſaire apres Dieu, n'aye pas la
derniere de nos penſées; & que
ſon ſalut, qui n'a rien compara-

ble, tiéne le premier rang chez
elle-mesme. C'est à quoy nostre
industrie doit trauailler, de ne
penser pas seulement à asseurer
ce qui est le meilleur en toutes
sortes de respects, mais ce qui
l'est vniquement. Et ce n'est
pas trop, que de donner le tout,
pour le tout.

Partant donnons à Dieu les
premiers honneurs, & les se-
conds à nostre ame. Ces deuoirs se suiuent de si prés, qu'ils
s'entretouchent ; si bien que
l'vn & l'autre nous estant tres-
important, ils sont neantmoins
si heureusement vnis, que qui
s'acquitte de l'vn, se desoblige
de l'autre. Car quiconque rend
à Dieu ce qui luy appartient,

met son salut en asseurance: &
qui pense à sauuer son ame, a
des-ja satisfait à Dieu. Ainsi les
deux choses qui nous doiuent
estre les plus recommandées, &
sembloient neantmoins deuoir
partager nos soins , les abre-
gent, se trouuant enclauées l'v-
ne dans l'autre : la bonté de nostre Createur ayant prattiqué,
que ce qui sert à nos interests,
luy serue aussi pour vne offrande , & pour vn sacrifice tres-
agreable.

Vous sçauez de combien
de sortes d'artifices , on s'ayde
pour rendre la santé au corps.
Pourquoy donc la pauure a-
me ne meritera-t'elle d'estre
secouruë? Non , non , ce n'est

pas la raiſon que le corps ſoit ſi
ſoigneuſement aſſiſté, & ſa ſanté reparée par tant de façons, &
que l'ame demeure ſãs ſoulage-
ment, abandõnée à ſes maux, &
deſpourueuë de toute ſorte de
remede. C'eſt à elle que l'õ doit
courir la premiere, oubliãt méme le corps, pluſtoſt que de le
faire entrer en competence a-
uec elle. Dautant que ſi celuy
qui a nommé l'ame, la dame; &
le corps ſon valet, a dit vne verité d'oracle : nous-nous rendons coupables d'vne iniuſtice
manifeſte, ſi nous donnons l'aduantage à vn eſclaue, au preiudice de ſa maiſtreſſe. Les meilleures de nos penſées doiuent
ſeruir à la meilleure, & à la plus

confiderable partie de noftre
tout. Et puis que ce foin eft vn
tefmoignage d'eftime, ne mettons point au rabais vne piece
excellente, en la negligeant,
pour donner le prix à celle qui
ne la peut valoir à beaucoup
prés. La chair n'eftant qu'vne
maffe penchante au vice, qui
nous emporte vers la terre où
eft fon centre; où au côtraire l'a-
me defcédüe du Pere des lumieres, remôte comme vn feu brillant deuers fa fphere. Et n'eft-
ce pas elle qui porte le caractere
de la Diuinité? N'eft-ce pas elle
qui eft le precieux don de la liberalité diuine? Courons donc
à elle, toute chofe laiffée, de-
fendons-la de toutes nos for-

ces: & si nous en venons à bout,
nous auons conserué le depost,
& l'image du Tout-puissant.
Or ne parlons point d'auancer,
si nous n'asseurons premierement nostre salut, puis qu'il est
le fondement sur lequel nous
deuons bastir. Comment pouuons-nous penser aux enrichis-
semens d'vn ouurage, si le fonds
nous manque. Et si les suites ne
viennent qu'après tes commē-
cemens, les pouuons-nous esperer, sans cette aduance? C'est
certes vne folie, & plus que te-
merité d'attendre la beatitude
dans la ruine du salut; & que celuy qui ne ioüit pas mesme de la
vie, la puisse esperer bien-heureuse. Dequoy donc seruira de

pouruoir au corps, & de contenter ſes appetits, ſi l'ame demeure affamée? C'eſt d'elle que le Fils de Dieu dit: *Que profite à l'homme toute la conqueſte du monde, s'il fait perte de ſon ame?* Et partant ie croy que c'eſt fort mal faire ſes affaires que de laiſſer ruiner ſon ame. Ce n'eſt pas abreger, que de ſe perdre. Puis donc que l'on y court fortune de la vie, & d'vne vie eternelle, le gain n'y ſçauroit eſtre aſſeuré. Et comment voudriez-vous que l'on ſentit le profit, ſi le moyen d'en ioüyr nous eſt oſté? Mais arreſtons maintenant l'ocaſion, & tandis que le temps nous fauoriſe, tournons du coſté de nos aduantages, & cou-

En ſainct Matthieu chap. 16.

rons à ce trafic.

Peu de iours bien ménagez nous peuuent donner l'eterni-té, qui eſtans vne fois finis, fuſt-ce dans la meſme felicité , ne ſont pas à eſtimer. D'autant que vous deuez tenir pour maxime, qu'il n'y a rien de grand, dont la durée ſoit petite , & que des plaiſirs bornez ne peuuent eſtre que tres-legers. Iamais vne ioüiſſance paſſagere n'eut d'v-tilité ſolide. Et partant ce ſeroit tres-ſagement fait à vous , de faire plus d'eſtat d'vn bien dura-ble , que de celuy qui coule: pour ce qu'vn contentemét qui nous eſchappe, eſt demy perdu, & l'eternel ne ſe peut perdre.

Mais ioignons à l'eternité le

bon-heur de cette vie immor-
telle, qui ne l'aymera ? Là où
celle que nous pouſſons, eſt tellement courte en ſes biens, que
ſes maux ne laiſſent pas d'eſtre
tres-grands. Elle eſt aſſiegée de
toutes ſortes de ſouffrances, &
ne perd iamais vn mal, qu'vn
autre plus grand ne le chaſſe. Se
peut-il rien trouuer de plus
changeant, de plus traiſtre en
ſes douceurs, & de plus con-
ſtant en ſes miſeres, que le cours
de cette vie; qui n'eſt pleine que
de trauaux, de ſoins, de hazards:
& au ſurplus déchirée de mille
coups de la fortune, dont les
vns tombent ſur le corps, & les
autres deſſus l'ame ? Ce qu'e-
ſtant, quelle raiſon peut-on

trouuer assez forte pour persuader à vn homme de quitter vn
bien eternel, pour suiure, non
vne felicité, mais vne misere
temporelle.

Et sans sortir de cette durée,
ne, voyez-vous pas qu'en ce
monde, ceux qui font estat de
prudence, despensent plus librement aux lieux où ils font
leur seiour, que là où ils ne font
que passer. Nous qui courons
dans ce monde, & deuons viure pour vn iamais dedans l'autre, partageons tellement nos
foins à chacune de ces deux
vies, que l'on ne nous puisse accuser d'imprudence, d'auoir
employé les plus grands pour
la plus petite : & les plus petits,
pour

pour la plus grande. Il faut icy
que i'admire côme toutes choses nous portêt à trauailler pour
cette bien-heureuse eternité.
Veu que ie ne sçay si les promes-
ses que nous auôs de ces delices
nompareilles, doiuent auoir
plus de pouuoir pour nous es-
chauffer à sa recherche, que les
incommoditez que nous resen-
tons en cette vie, qui semblent
nous y contraindre à viue force, où les attraits de la future
nous y conuient ciuilement.
Puis donc que le mal contribuë
à nostre bon-heur, si le bien ne
nous tire assez puissamment,
endurons que se soit le mal qui
nous y pousse. C'est vn accord
qui est rare, du bien, & du mal;

S

qui neantmoins ſe trouue icy;
tellement que l'vn nous preſ-
ſant, & l'autre nous inuitant, il
faut receuoir ce bien de quelque coſté qu'il arriue.

Mais ie ne ſçache point de
plus puiſſant coup d'eſperon
pour nous faire reſoudre à deſ-
ployer toutes nos forces, que de
conſiderer que ſi quelque perſonne de condition nous appel-
loit pour luy ſucceder, & luy
tenir lieu de fils, il n'y a perſonne qui fuſt ſi endormy en ſes affaires, qui ne ſautaſt par deſſus
toute ſorte de difficultez, &
dont la promptitude n'abre-
geaſt le chemin pour aller à luy.
Or Dieu, c'eſt à dire, le grand
Maiſtre de toutes choſes, vous

appelle au Ciel, & à l'heritage
de ses enfans: il vous fait part (si
vous voulez) du nom de fils,
qui n'appartient qu'à son Vni-
que, & cela ne vous embrase
point? & vous n'y courez pas,
vous n'y volez pas? Ne crai-
gnez-vous point que la mort
ne vous surprenne dans vostre
lenteur, & qu'elle ne vous enle-
ue cette gloire, sans vous y laisser arriuer à petit pas.

Or pour trouuer cette ado-
ption, vous n'auez que faire de
vous esgarer dans des deserts
incogneuz, ou de vous mettre
à la mercy de l'incertitude des
vents, & de la mer: quand vous
voudrez vous y entrerez, & ce
sera vous mesme qui en expedi-

rez les despesches à vostre gré.
Mais que cette facilité ne vous
rende pas nonchalant: d'autant
que ceux qui mespriseront cét
aduantage, en feront leur condition plus mauuaise, & le refus
de s'en ayder, sera d'autant plus
dangereux à ceux qui l'auront
negligé, que ceux qui s'en feront preualus, l'auront fait plus
aisément.

Mais venons à la raison. Ie
croy que le desir de la vie est le
lien qui nous attache le plus
fortement à la terre. Sus donc
amoureux de la vie, ie vous inuite à la vie. Ie ne croy point
qu'il y ait de plus forte rhetorique pour persuader ce qu'on
propose, que de proposer ce

qu'on defire. Et pour moy, ie
viens vers vous comme en am-
baffade, pour traitter de cette
vie que vous aymez auec tant
de paffion, nonobftant fa brié-
ueté; & ie ne vous prie que d'v-
ne chofe, qui eft, de la vouloir
autant aimer infinie, que vous
l'aimez courte & finie : vous ne
m'en pouuez iuftement refufer. Car comment pourriez-
vous dire que vous l'aymez, fi
vous ne la defirez la plus ac-
complie qu'elle peut eftre ? Et
partant ce que vous trouuez fi
aymable dans fa petiteffe, vous
doit bien paroiftre plus beau
eftant infiny. Et s'il eftoit pri-
fable referré dans fes bornes,
maintenant qu'elles font le-

uées, qu'il ne reçoiue plus de
prix. La raison veut que le petit
serue au plus grand : si donc
vous desirez l'accroissement de
cette vie, ioignez-la à la future,
& faites qu'elle serue de passage pour y arriuer, mais que ce
soit vn passage court & asseuré,
qui ne vous destourne point du
lieu où vous pretendez arriuer.
Dautant que non seulement
c'est vne chose insupportable
que l'amour de la vie porte preiudice à la mesme vie, mais encore contradictoire, & qui se
combat elle-mesme.

Faites donc estat de la vie,
ou mesprisez-la : i'y trouueray
tousiours mon compte. Veu
que s'il y a du mespris, il doit

tomber fur la pire ; & s'il y a de
la preference, ce doit eftre pour
la plus excellente de ces deux
vies. Mais pour la prifer ce
qu'elle vaut, ie feray fort ayfe
que vous en iugiez vous-mefme par voftre propre experience, qui vous la peut faire hayr
auec tous fes embaraffemens :
& par celle qu'en ont fait ceux
qui l'ont trouuée tres-ennuy-
eufe.

Iufques à quand faudra-t'il
foupirer dans fes fers, & trai-
ner vne chaifne de malheurs
qui s'entretiennent ! N'effay-
rons-nous iamais à la rompre,
Valerian, & à nous defgager
de fes miferes neceffaires, &
qui fe multipliant vfent nos

iours dans vn trauail continuel?
Mettons-nous vne fois en liberté, & quittons cette intri-
gue qui n'a point de fin ; où les
affaires se tendent la main,& en
appellent de nouuelles, pour ra-
fraifchir toufiours nos peines.
O Dieu que les esprits des
hommes font pleins de fottes
penfées ! & que peu de chofe
les tient en vne longue feruitu-
de ! Faut-il perdre le fruict de la
vie pour feruir à des apparences, & à des caufes friuoles, qui
naiffent les vnes des autres, &
defquelles on ne void iamais
la fin? Et en cecy le malheur
eft, que cette occupation fi entiere ayde encore à nous defro-
ber ce peu de temps qui nous

reste pour la vie, nous remplis-
fans à tous momens de folles
ioyes, de tristesses, de desirs, &
de soupçons, qui nous trauaillent sans cesse. Secoüons ce qui
nous rend cette vie trop courte
pour les affaires, & trop longue
pour les douleurs. Sur tout,
n'escoutons point les offres que
nous fait le monde, & que ses
faueurs nous mettent en dé-
fiance: il n'a point de condition
qui ne soit grandement dangereuse. Les plus basses sont foulées par les plus hautes; & celles-cy, tombent d'elles-mesmes. Par tout on y trouue des
difficultez, & du peril: le petit
est suiet aux iniustices du grãd,
& le grand aux attaques de
l'enuie.

Or pour le prendre en détail, ie ne fçay que deux chofes principales qui retiennent les perfonnes obligées dans le monde, defquelles il fe fert côme d'appas pour flatter le fens, & nous furprendre. L'vne eft le contentement que promettent les richeffes, & l'autre, l'efclat de l'honneur. Mais la premiere ne fut iamais vn vray plaifir, mais vne pure neccessité: & la feconde, ne fe doit point nommer honneur, mais vne fotte vanité. Ie croy que ces deux liens entrelaffez font le filet, qui nous retient ; ou pluftoft font les canaux, par lefquels la douceur des vices coule fur nos affections, & rencontrant noftre

ame feiche & alterée, l'abbreu-
uent d'vn poifon delicieux.

Pour attaquer la premiere,
que voyez-vous de plus mal-
heureux que ces richeffes, qui
s'acquierent rarement fans in-
iuftice, & ne fe conferuent que
par mefmes moyens. Ie faux les
nommant effect de malice, l'A-
poftre me corrige, qui les en
appelle caufe, quand il dit: *Que* 1.Tim.6.
la conuoitife de ces faux biens, eft
la racine de tous les maux. Et
qu'ainfi ne foit, prenez garde
que l'or eft le commencement
de l'ordure, encore mieux par
fon effect, que par le rencontre
de fon nom. Et qui peut nier
que les richeffes ne foient vn
fubiet de violence, & vn leur-

re de rapine ? C'eſt de là que quelqu'vn de nos Anciens a prononcé ce graue mot : *Que les grandes richeſſes n'eſtoient que des teſmoins irreprochables d'in-iuſtice.* Ne ſont-ce pas elles qui ſeruent de prix à tous les meſ-chans, & qui ſollicitét les yeux, & les eſprits des perſonnes en-treprenantes? Et qui marquent les proſcriptions, & inuitent à les commettre.

Mais feignons que non. Pou-uons nous eſtre aſſeurez du lieu où elles tomberont apres noſtre mort? *Il amaſſe,* dit le Prophe-te, *& ne ſçait pour qui.*

Ie vous donne neantmoins vn heritier tel que vous le deſi-rez. N'arriue-t'il pas ſouuent

que ſes humeurs changent a-
uec ſes reuenus, & que les deſ-
penſes le menent bien toſt au
bout de ce que vous luy auiez
laiſſé? Si ce n'eſt luy, ce ſera vn
fils mal nourry, & encore plus
mal nay; ou bien vn gendre
mal choiſi. Et puis vantez la
douceur de vos richeſſes, qui ne
ſe peuuent acquerir, ny poſſeder ſans mille ſortes de maux, &
non pas meſme laiſſer à d'autres, ſans des apprehenſions
tres-viues de les auoir mal
choiſis.

Tu te perds, amour aueugle,
tu te perds: & celuy que tu có-
duis? Et toy pauure homme,
apprends-tu de luy à aymer ie
ne ſçay quoy de caſuel, & à

t'oublier de toy-mefme? C'eſt
mal vſer de tes affections, que
tu ne dois plus nommer tien-
nes, puis qu'elles ſont ſi loing
de toy. Mais arreſte les yeux
deſſus toy-mefme, & par pitié,
ou par ſageſſe, ayme toy plus
que toute autre choſe. En
verité, ſi quelque perſonne
de bon ſens te vouloit ho-
norer de ſon affection, ce ne
feroit pas en aymant mieux ce
que tu portes, que toy-mefme.
Pour l'aſſeuré, tu voudrois qu'il
s'adreſſaſt pluſtoſt à toy, qu'à ce
qui te touche. Dautant que tu
fais eſtat de ſon inclination
pour ta perſonne, & non pas
pour tes richeſſes. Tu veux
qu'il s'oblige à toy, & non pas à

ce qui t'appartient. Or fais pour
toy ce que tu defires, d'vn autre, & rends-toy cét honneur
à toy-mefme de te porter plus
d'affection qu'à tes biens. C'eſt
ce que tout le monde ſe doit.
Ie ne m'eſtends pas dauantage
ſur ce ſubiet, afin de te faire
comprendre qu'il faut rompre, & trancher net auec les richeſſes.

Voyons maintenant les honneurs, deſquels ie n'aurois pas
moins à me plaindre. Mais pour
le preſent, ie me contenteray
de vous dire, que puiſque l'ambition des plus mauuais y arriue auſſi bien que le merite des
bons, & qu'vn meſme ſatin
couure le meſchant, & l'hom-

me de bien, cette resemblance
ne le peut tirer du pair. Et tant
s'en faut qu'vn tel honneur soit
vne marque de merite, que méme il en oste la distinction; &
au lieu de donner le rang qu'il
doit à la vertu, il la fait égale au
vice. Indigne, & malheureuse
dignité qui mesle le bien & le
mal, & par vne nouuelle con-
fusiõ fait qu'il ne se trouue plus
de moindre difference entre le
bon & le mauuais, que par ce
qui les deuoit distinguer. N'y
a-t'il pas plus de gloire de renoncer à cette infamie d'honneur, que d'en estre tout brillant? & de receuoir plustost cét
esclat de sa vertu, que d'vn
rayon qui esclaire autant la
boüe,

boüe, que le diamant? Et si, tel
qu'il est, il ne paroist que comme vne lüeur d'esclair, qui s'es-
uanoüit en naissant. Car n'a-
uons-nous pas veu depuis peu
des personnes si releuées, qu'il
ne leur restoit plus qu'vn degré
pour arriuer au trosne, qui con-
toient leurs reuenus dans toutes les Prouinces , & les Prouinces toutes entieres dans
leurs reuenus: seruis au reste si
fauorablement de la fortune,
qu'ils ne prenoient pas mesme
la peine de luy faire sçauoir
leurs desirs: le bien deuançoit
leurs souhaits, & leur vouloir
estoit leur faire. Mais pour
donner encore plus de poids à
nostre preuue , tirons-là des

T

Roys, & des Princes. N'eſt-il
pas vray qu'il y en a ëu de tres-
puiſsãs, & de tres-riches, n'euſ-
ſent-ils vaillant que leurs habits
chargez d'or & de pierreries, &
les couronnes qu'ils portoient
eſtincellantes de rubis , & de
diamans; leur Cour & leur Palais reſpondoit à cét eſclat: les
planchers tout battus d'or ne
leur rédoient que de la lumiere,
au lieu de l'ombre. Au ſurplus
leurs volontez eſtoient reſpe-
ctées comme le droit des gents,
& leurs plus ſimples paroles,
comme autant de ſainctes loix.
Mais helas ! qui peut paſſer la
condition d'vn mortel , auec
vne felicité temporelle? Vous
auez veu ce grand eſclat d'am-

bition, vous l'auez veu; il a paſſé, mais ſi legerement, que mé-
mes il n'en a pas laiſſé les traces.
Or ſus, que ſont deuenuës ces
richeſſes? O vanité! n'ont-elles
pas ſuiuy leurs maiſtres dans
la ruine? Ces grands Empires,
dãs leſquels nos peres, ou nous,
auons veſcu, ſont deſ-ja tenus
pour fables, & tant de grandeurs ſont reduites à n'eſtre
plus.

Ce qu'ils ont ëu de foy, & de
vertu les a ſuiuis, les biens ſont
demeurez à d'autres; & ce qui
reſte de leurs bonnes œuures,
leur a ſeruy de Viatique pour le
grand voyage de l'eternité, où
toute autre choſe leur man-
quant, celle-cy ne leur a point

failly. C'eſt le fonds qui les
nourrit encore à preſent : c'eſt
leur honneur, & leur richeſſe,
bref ce leur eſt vn benefice qu'-
ils ne reſigneront iamais.

Partant, Valerian, ſi les honneurs, & les richeſſes eſchau-
fent nos deſirs, faiſons que ce
ſoient les vrayes, & non pas les
grandeurs imaginaires. C'eſt le
ſecret des plus ſages, & des plus
gens de bien, de changer la
gloire de la terre en celle du
Ciel, & quitter les treſors cachez ſous les pieds, pour ceux
qui ſont deſſus nos teſtes, & où
la main des larrons ne peut at-
teindre. Lieux de bon-heur, où
le mal n'a point de place, & où
la ſeule varieté des plaiſirs rend

la felicité differente, qui eſtant
vne fois acquiſe, s'y conſerue à
iamais; & où, s'il y a lieu d'en
ioüyr, il n'y en peut auoir de la
perdre.

Que ſi nous accuſons les biés,
qui nous laiſſent auec la vie, que
dirons-nous de la meſme vie
qui nous quitte ſi promptement? mais pluſtoſt que dirons-
nous d'vne plus grande, mer-
ueille, que les hommes ne voyans rien ſi ſouuent que la mort,
ne s'oublient de choſe du monde ſi aiſément, qu'ils font d'elle? Qui ne ſçait que tout ce móde court à la mort? & que comme nos peres nous ont deuan-
cé, nous les ſuiurons; & ceux
qui viendront apres nous, mar-

cheront deſſus nos pas? Ne vi-
ſtes-vous iamais la mer eſbran-
lée, & comme quoy les flots ſe
balancent pour s'éleuer, & ſouuent ſe trouuent engloutis les
vns dans les autres: les vagues
ſe preſſent, & quand la tourmente relaſche, encore roule-
t'elle à petits bonds ſur cét element, qui ſe replie plus menu
qu'vn creſpe, & iette les reſtes
de ſa colere eſcumante deſſus le
ſable. C'eſt l'image de nos iours
& de nos vies, qui vont roulan-
tes les vnes apres les autres iuſques au riuage de la mort. Ha!
que n'auons-nous touſiours
cette penſée dans l'eſprit, &
cette fin deuant les yeux? Que
ne croyons-nous que toutes les

heures font les dernieres, & que
le terme s'approche autant que
nous auançons dans l'âge. Ef-
perons, fi nous voulons, le iour
fuiuant, mais nous ne nous en
pouuons affeurer : le temps eft
trop gliffant pour fe laiffer arrefter. *Tenons-nous prés pour la* Malach. 3.
fortie, puis que nous en fom-
mes aduertis par vne bouche,
qui ne peut mentir.

Si nous penfons à cela, & fi
nous le penetrons comme nous
deuons, craignans la mort, nous
auons trouué le moyen de ne la
point craindre. Bien-heureux
font ceux qui font bien auec
Dieu : dautant que le vifage de
la mort ne les peut effrayer, puis
qu'ils la regardét cóme vn Huif-

fier du cabinet, qui leur donne l'entrée du Ciel, laquelle ils defirent auec impatience, & dont l'attente leur eſt ſi inſupportable. Ce ſont ceux-la qui défient la mort à tous momens; & cóme s'ils craignoient de l'eſpouuanter, & qu'elle ne les faillift; ſe tiennent coys & en ſilence, touſiours en poſture de la receuoir. Et la raiſon de cette reſolution eſt, que la perte de cette vie leur eſt vn gain, puiſqu'elle leur en donne vne autre meilleure, & eternelle.

Et ne faut nullement que la foule de ceux qui coulent cette vie ſans ſoin, nous emporte, & que les fautes d'autruy ſe faſſent noſtres par imitation. Car de-

quoy nous fauuera cette multitude au grand iour, quand chacun receura fa fentence en particulier ? Là, où il n'eft queftion
que des merites, les bonnes œuures parlent, & non pas la voix
du peuple. Arriere donc, arriere ce malheureux contentement, de nous voir enueloppez
dans vne perte commune. Ha!
la dangereufe confolation! Ne
vaut-il pas mieux viure heureux en petite compagnie, que
de fe perdre auec vn monde? Et
partant que tous ceux qui font
profeſſion d'offenfer Dieu, ne
forcent point noftre refolutiõ:
leur nombre ne doit point donner de creance au vice. En vn
mot, Valerian, tenez pour ma-

xime de ne regarder iamais le peché d'autruy, que comme vne tache pleine de reproche, & iamais comme vn exemple.

Que si l'exemple vous émeut, iettez les yeux dessus ceux, qui estans moindres en nombre, font neantmoins vne tres-belle compagnie. Ce sont ceux qui ont parfaitement compris ce qu'ils estoient venus faire en ce móde, & en bien viuant ont heureusement trauaillé à leur salut, cultiuans par mille bonnes actions le champ, dont ils esperent recueillir le fruict d'vne douceur eternelle. Et non seulement pouuons-nous fournir nombre de tels exemples, mais encore entre ceux-là, de

tres-fignalez. Veû qu'il n'y a
auiourd'huy qualité, noblefle,
fagefle, eloquence, ny profeffion de lettrez, qui ne fe foit rã-
gée deffous ces precieux dra-
peaux des combatans pour le
Ciel: il n'eft point de grandeur
qui n'aye ployé auec humilité
fous la douceur de ce diuin
ioug. Toute forte de monde y a
recogneu fon intereft. Et ce ne
feroit pas eftre ignorant, mais
ftupide, de s'endormir fur l'affaire de fon falut. Que fi le dé-
nombrement n'eftoit long, i'en
pourrois produire vn bon nombre tiré d'vne infinité, qui pouuans demeurer grands & puif-
fans dans le fiecle, ont mieux
aimé neantmoins fuiure la ri-

gueur d'vne deuotion plus ef-
troite, que d'vfer de leur liberté; & fi ne fçauroi-je m'empefcher d'en nommer quelques-
vns en paffant, de peur que les
taifant tous, ie femble en auoir
oublié le merite.

Le grand Clement marche-
ra le premier, comme iffu des
Cefars, & de ces anciens Senateurs, de qui il a augmenté le renom par fes vertus, & par les
connoiffances tres - parfaites
qu'il eut quafi de toutes chofes.
Ce fut par ce fentier des iuftes
qu'il arriua à vne fainéteté fi e-
minente, qu'il merita de fucce-
der au Prince des Apoftres.

Gregoire de Pont apres luy
fut eftimé dans le monde, le

Philofophe fans pair, & le Roy
de l'Eloquence. Mais il monta
encore plus haut par fes vertus,
qu'il n'auoit fait par fes eftudes,
felon que nos hiftoires le racõ-
tent: d'autant qu'il n'eut rien de
plus grand que la priere, par laquelle il changea les elemens,
faifant d'vn lac, vne terre ferme: & d'vne montagne, vne
plaine.

Cettuy-cy me fait fouuenir
d'vn autre Gregoire, qui l'éga-
la en fcience, & en faincteté, &
dont la Philofophie ne fut iamais plus parfaite, qué quand
elle deuint religieufe, & celefte.
Ie ne peux oublier vne chofe
qui fe lit de luy (pour faire grã-
dement à mon propos) qui eft,

qu'ayant esté autresfois inti-
me du grand Basile, & com-
pagnon de ses estudes, depuis
l'estant venu voir lors qu'il en-
seignoit la Rhetorique ; il l'en-
leua à ses auditeurs auec ces
trois petits mots. Que fais-tu
dans cette vanité, pauure Basile ? trauaille, trauaille ie te
prie à ton salut. Et depuis l'vn
& l'autre estans deuenus grands
Prelats, ont laissé à l'Eglise de
Dieu des liures, qui rendent de
bons tesmoignages de leur suf-
fisance, & de la bonté de leur
esprit.

Paulin, Euesque de Nole, le
plus grand, & le plus heureux
exemple que nous fournisse
nostre France, en laquelle il

posseda jadis de tres-grands
biens. Ce Paulin, dif-je, si riche,
& si eloquent, que ses paroles
estoient toutes d'or, ne s'est-il
pas tellement ietté dans nostre
party, qu'il a neantmoins laissé
au monde de grands tresors
d'eloquence, & quantité de
pieces qui ne peuuent estre parties que d'vn esprit tres-releué?

Et depuis peu nostre Hilaire, & encore à present Petrone
en Italie, ne sont-ils pas mon-
ez du plus haut degré des honneurs du monde, l'vn à la Religion, & l'autre à la dignité du
sacerdoce?

Mais, bon Dieu, quand au-
ois-ie tiré de ce nombre les
tres-eloquens Firmians, Minu-

ces, Cyprians, Ambroises ? ie
croy qu'ils s'estoient souuent
redis à eux-mesmes ce que l'vn
des nostres se disoit dans le dessein de quitter le monde : Hé
Dieu ! que voy-ie ? les ignorans rauissent le Ciel, & nous
auec toutes nos sciences de-
meurons plongez dans le sang
& dans la chair ? Ils se seruirent
de cét esperon, qui leur fit franchir la carriere, & forcer le Paradis.

Apres ceux-cy, qui poussez
d'vne viue foy, ont quitté les
aduantages que leur promet-
toient l'eloquence, la Philoso-
phie, & le rang qu'ils tenoient
dans le monde ; arrestons-
nous vn peu sur le dernier pas
de

de la grandeur humaine, pour
y confiderer les Roys, & les
Empereurs. Ie ne fay pas eſtat
d'aller rechercher par le menu
ces premiers Princes, dignes
d'eternelle memoire, qui ne
commandoient aux peuples
que pour les rendre ſubiets &
obeyſſans à Dieu, & menoient
vne vie tres-parfaite deſſous le
daiz. Ie ne tireray de l'antiquité que ceux dont les merites viuent encore, & dont ie ne ſçau-
rois oublier le nom, ſans bleſſer
le reſpect que ie leur ay voüé,
tel que fut vn Dauid, que i'oſe
nommer le Roy des parfaits,
auſſi bien que des Prophetes:
vn Ioſias des fideles : & vn Eze-
chias des humbles. Et dans cet-
V

te lie des temps où nous sommes, n'y a-t'il pas des Roys &
des Princes, qui pour s'approcher de plus prés du Roy des
Roys, se sont esloignez de la
vanité? & ont recogneu sa Ma-
jesté par vn hommage de leur
esprit humilié, & prosterné à
ses pieds? Oüy, oüy, nous en
auons encore & de l'vn & de
l'autre sexe, qui dans les delices de la Cour ne perdirent iamais le respect qu'ils deuoient
à Dieu. Et à mon iugement, ce
sont ceux-là que nous deuons
plustost suiure, que tous les autres, puis que leurs actions ne
peuuent estre que tres-honorables pour le present, & tres-vti-
les à l'auenir.

Des Empereurs, ie paſſe au grand Empire du monde. Ne voyez-vous pas, mon bien-ay-mé, comme les iours & les an-nées, & ces grands aſtres qui en meſurent les courſes, & dorent le Ciel de leur lumiere, obeyſ-ſent aux commandemens de leur Createur, ſans ſe laſſer, ny ſe relaſcher en vn ſeul point de leur ſeruice ? Faudra-t'il que nous autres qui voyons ces choſes, & ne viuons que par le benefice de ce qui obeyt ſi par-faitement, & qui d'ailleurs ſça-uons ſi bien à quoy nous obli-gent les volontez de noſtre Dieu, en faiſions ſi peu d'eſti-me ? Ces pieces d'honneur du monde, & qui en ſont comme

autant d'ames, n'ont receu qu'
vne fois le commandement de
feruir, & nous autres le mefprifons apres y auoir efté conuiez
par les bouches de tous les Prophetes, qui ne nous prefchent
que l'obeyffance. Faifons, ie
vous prie, que ce qui nous eft
donné, nous apprenne à obeyr
à celuy qui nous le donne : veu
que tout ce qui nous entretient
en cette vie, doit feruir à nous
inftruire, & à nous apprendre
à en bien vfer.

Que fi quelqu'vn ne fe laiffe
conduire par ces exemples, encore qu'il fuye fon Seigneur, il
ne l'échappé pas pourtant. Car
où fe retireroit-il pour en perdre la prefence. Efcoutez ce

grãd Prophete, &ſuiuez-le de
penſée: Où me ſauueray-ie Sei- Pſ. 138.
gneur, pour vous faire oublier de
Dauid? Seigneur, où fuyra celuy
qui craint voſtre face? Si ie monte au Ciel, vous y eſtes; ſi ie m'a-
byſme dans l'Enfer, ie vous y
trouue; ſi i'emprunte les aiſles des
vents pour partir auec le Soleil,
& que ie me couche apres luy au
delà de toutes les mers, helas! ce
ne ſeront pas mes aisles, mais
vos mains qui m'y porteront. Et
partant, veillent ou non, encore
que de volonté ils ſe dérobent
de leur Seigneur, ils ne le ſçauroient faire d'effect. Ils demeurent touſiours ſous ſon pouuoir : & pauures abuſez qu'ils
ſont, ils ne prennent pas garde
V iij

qu'ils se debattent à la perche,
& demeurent dans le deſtroit
d'vne iuriſdiction qu'ils ſe font
ennemie, la meſpriſant. Que ſi
nous ſuiuons vn fugitif à perte
d'haleine, & le pourſuiuons a-
uec tant de violence : pourquoy ne rendrons-nous pas à
Dieu volontairement vn droit
qui luy eſt acquis ſur nos biens,
& ſur nos vies, puis qu'il faut tenir la balance égale autāt pour
nous, que contre nous?

N'y a-t'il point d'autre plaiſir que celuy que nous receuons
par les yeux? N'aymerons-nous
que ce qui flatte ce ſens? La vie
n'eſt-elle que pour luy? Et n'y
a-t'il que celuy-la qui nous ſerue? Quoy dōc, les oreilles n'ont

qu'vne demie vie? Ne font-el-
les pas l'vne des grandes portes
de l'ame , par laquelle les pro-
meffes y entrent, qui donnent le
feu à nos defirs? Il n'y a que celle
du plus grand de tous les biens
qui n'y peut eftre receuë. Mais
puis qu'il eft fi excellent, & que
d'ailleurs la puiffance, & la bonté de celuy qui nous le promet,
le rendent infaillible, pourquoy
ne nous touche-t'il plus viuement? Veut-on que cela fe face
par les yeux ? i'en fuis d'accord.
Si nous-nous en voulons aider
comme nous deuons , encore
nous feront-ils voir beaucoup
plus loing que le prefent, & nos
efperances fe porteront affeurément dans l'auenir. D'autant

que l'œil s'eſtât promené par les
beautez de l'vniuers, conduit
en fin ſa penſée iuſques à leur
Createur, pour en admirer la
puiſſance. Et qui doute qu'il ne
nous y puiſſe mener, ſi nous-
nous accouſtumons à iuger de
l'éclat de la gloire future par la
lumiere de la preſente, qui
nous donne de l'eblouiſſemēt?
Ha qu'il fera beau dans le Paradis! Et que cette beauté eternelle aura de rauiſſans attraits, ſi
celle que le tēps efface en a de ſi
forts? Et partāt n'abuſons point
de nos ſens, ils nous doiuent
ſeruir pour vne autre vie: em-
ployons-les tellement à l'vſage
de celle-cy, qu'ils puiſſent encore nous ſeruir vne eterni-

té toute entiere.

Que si nous prenons plaisir naturellement à la passion qui nous transporte, & que le sens se laisse corrompre au plaisir. Plaisirs infames, qu'estes-vous, au prix de ceux, dont le moindre peut remplir tous nos desirs d'vne felicité tres-parfaite? Ie ne sçache rien d'aymable que ce bien; il n'y a que celuy-la qui merite d'estre prisé, & adoré. C'est ce Dieu, pour qui nous deuons brusler d'vne flamme également sainète, & forte. Il n'y a qu'à nourrir ce feu d'vne plus riche matiere, & au lieu de nos premiers déreglemens, luy fournir de bónes & de salutaires pensées.

Que si la pompe de quelque chose glorieuse auoit desia gagné vos yeux, qu'y a-t'il de plus grand que la mesme Maiesté? si la gloire vous paroissoit douce, sçachez que sans luy, la plus esclatante n'est qu'vne pure vanité. Si le lustre de quelque piece de prix vous peut arrester, pourquoy les rayons de ce Soleil ne deuiendront-ils des rets pour vous retenir? Si la beauté vous semble auoir de puissans charmes, c'est luy qui en est la viue source. Peut-estre que vostre esprit se passionnoit autresfois pour la verité : ne sçauezvous pas que c'est en luy que vous la trouuerez eternelle ? Admirez-vous la liberalité en

quelqu'vn ? Qui la peut auoir
en plus haut degré que luy ? Le
mélange & la confusion vous
offensent, & vne naïfue pureté
vous touche ? pourquoy non la
sienne, de qui la bonté est tres-
pure, & tres-sincere ? Vous aymez les richesses ; aymez-les
vne fois sans auarice, & taschez
de pouuoir posseder les vrayes.
Que si la fidelité vous oblige, la
siéne n'en a point d'égale. Vous
auez de la passion pour l'vtilité ;
y a-t'il rien qui vous accómode
plus que sa bonté? Vous voulez
le doux & l'aigre tout ensemble, & vne seuerité détrempée
de douceur ; il les porte toutes
deux dans ses yeux, & sur
son front, où la douceur paroist

en sa maiesté, & la maiesté y loge comme vne vertu priuée.
On recherche de l'ayde dans
le desastre, & de l'aise dans la
douleur: c'est luy seul qui ouure le cœur à la ioye, & le forti-
fie contre la tristesse. Et partant
n'est-ce pas vne chose grandement raisonnable d'aymer par-
dessus toutes choses celuy qui
vous les donne toutes ensemble? Et pour abreger, hors de
luy, & sans luy vous ne sçauriez
cueillir vn seul contentement
des richesses, ny des plaisirs.

Rassemblons donc cét amour
qui se va répandant sur mille
obiects, qui en sont indignes:
ne permettons pas qu'ils nous
réueille, sinon pour nous faire

fouuenir de Dieu : faifons-le
feruir à vn vfage qui le rende
pur, & fainct. Dégagez donc,
fi vous pouuez, voftre penfée
des opinions du commun, qui
l'ont faifie. Redreffez les pas de
voftre amour, & en luy oftant
le bandeau, faites-luy cognoi-
ftre que tout ce qu'il ayme, appartient à vn Dieu, & luy auec.
Il eft, dif-ie, à luy, & tout ce
qu'il peut embraffer. Car ce
Dieu eft fi grande, & fa bonté
fi eftenduë, que fi on manque à
l'aymer, on ne peut faillir d'aymer chofe qui luy appartienne.

En quoy ie prie celuy qui fait
eftat de bien iuger, de confiderer s'il eft raifonnable d'aymer
l'ouurage, & s'oublier de l'ou-

urier ; & fans penfer au Createur, heurter, & donner incon-
fiderément d'vne affection a-
ueugle contre ce qui luy appartient, eftant fans comparaifon
plus iufte de fe laiffer gagner à
Dieu, qui n'a defployé fes faueurs à autre effect, que pour
arrefter nos cœurs; & n'a répan-
du la beauté fur les creatures à
autre fin, que pour picquer noftre amour, & le pouffer doucement deuers luy. Et neantmoins l'homme s'attache à vne
idole, & laiffe volontairement,
& indignement tromper fes
defirs, fe rendant amoureux de
l'art fans l'eftre de l'ouurier, &
de ce qui luy donne dans la
veuë pluftoft, que de ce qui luy

doit donner dans l'ame.

O que n'ay-ie vne langue
capable de vous reprefenter fes
grandeurs, & la douceur de cét
amour! Helas! quand tout eft
dit, ce n'eft pas en auoir parlé
raifonnablement. Et qui eft celuy qui le pourroit faire dignement, & vous découurir les tre-
fors, & les excez de fa charité,
que nous deuons aymer, non
feulement pour ce que la douce amorce de fa bonté nous y
conuie, mais encore, & beaucoup plus, pour ce que la neceffité d'vne iufte recognoiffance
nous y oblige. D'autant que
c'eft vne pure impieté que de
n'aymer pas celuy, auquel nous
deuons plus que noftre amour,

& vne iniuſtice manifeſte de ne
luy vouloir pas rendre ce dont
nous ne pouuôs nous acquitter
en ſõ endroit. *Que pouuôs-nous*
rendre à Dieu pour toutes ſes fa-
ueurs? Que luy rendrons-nous
pour ce ſeul article, d'auoir eſta-
bly le fondement de noſtre ſalut deſſus la foy, & d'auoir voulu qu'vne choſe ſi ayſée fuſt le
gage de bon-heur du monde,
& vn moyen de vie eternelle
pour tous les hommes.

Or puis que ie ſuis tombé ſur
cette foy, permettez-moy de
regarder auec vous vne choſe,
qui nous frappe le ſens, qui eſt,
de conſiderer les Royaumes ré-
vnis, & les nations rangées ſous
l'obeyſſance de Rome, & preſ-
que

Pſ. 115.

que tout le monde reduit à vne
ville, afin qu'ayant receu la foy,
elle coulaſt plus ayſément dedans ces peuples, comme vn
medicament dedans vn corps,
qui deuoit auoir vne teſte pour
eſtre reſpandu deſſus ſes membres : autrement iamais elle
n'euſt couru, comme elle a fait,
par tant de Prouinces, auſſi differentes de langues, que de
mœurs, & euſt rencontré mille
difficultez, qui l'euſſent infail-
liblement arreſtéc, ſi elles n'euſſent eſté ſurmontées auparauant par les armes. Bref vous
voyez que Sainct Paul ne paſſe
point les bornes de l'Empire,
quand il dit qu'il a remply de ſa
doctrine depuis Ieruſalem iuſ-

X

ques en Dalmatie. Or fans cét
eftabliffement de l'Empire, ie
demande, quand cela fuft arriué, de ioindre l'Efclauon au
Grec, le Grec à l'Hebrieu, &
d'vnir en vne croyance des
nations fi efloignées, & bien
fouuent fi contraires? De là
vient qu'auiourd'huy le nom
de Iesvs Christ retentit du
Midy au Septentrion, & de
l'Orient à l'Occident : encore
qu'à vray dire, il n'y ait Leuant,
ny Occident pour le domaine
de la foy : mais pluftoft que le
Soleil roule touſiours fur l'Empire de l'Euangile. Et n'admirez-vous point que tous les
quartiers du monde tendent à
ce centre? Le Scythe, le More,

le Iuif, l'Eſpagnol reçoiuent la
foy à bras ouuerts. C'eſt donc
vn traict particulier de la miſericorde de Dieu, d'eſtre deſcen-
du en ce móde du temps d'Au-
guſte, qui fit monter l'Empire
au dernier point de ſa grandeur. Mais pour m'aider de vos
armes, ſouuenez-vous que
nous viuons dans l'vnze cent
quatre-vingt-cinquieſme année de la fondation de Rome,
& que tout ce qui s'eſt paſſé depuis ce temps à l'aduantage de
cét Eſtat, ſous le regne des premiers Roys, ou ſous la ſage có-
duite des Conſuls, n'a ſeruy que
de preparatif pour la venuë du
Roy des Roys, & pour diſpoſer
les peuples par les commande-

mens d'vn Prince, à receuoir
ceux de Dieu. Il ne feroit pas
bien difficile à vn habile homme d'en faire la preuue.

Pour moy ie retourne à mon
Epist.1.c.2. difcours: *Ne veüillez point aymer ce monde*, dit fainct Iean, *ny
ce qu'il contient*; puis que tout ce
qui s'y void, vous y dreffe vne
embufcade fous l'ombre d'vn
faux plaifir. Ne preftons point
nos yeux au méfonge, puis qu'-
ils nous font donnez pour def-
couurir la verité. Et puis qu'ils
ne font ouuerts que pour les
vfages de la vie, fermons-les
S.Pier.ep.
chap.2. aux traits de la mort. *Les defirs
de la chair*, dit l'Apoftre, *com-
batent l'ame*; & leurs efforts ne
tendent qu'à fa perte; & depuis

qu'vne fois ils l'ont attaquée,
ils le font auec vne opiniaftreté
non-pareille, & comme ennemis aguerris profitent fenfible-
ment de nos fautes, & baftif-
fent de nos ruines.

Ie m'apperçoy que iufques
icy i'ay combatu le monde a-
uec fes honneurs, & fes richeffes, comme fi en effect elles n'e-
ftoient que fucre, & que miel,
auffi bié qu'elles en ont le gouft.
Mais en fin nous voyons que ce
fard qui le rendoit fi agreable,
commence def-ja à fe leuer, &
que cette beauté empruntée
n'a plus fon luftre, à peine le
móde en a-t'il affez pour tromper. Ce vifage plein d'artifice
n'a plus fes traicts. Il auoit de la

peine auparauāt de paſſer auec
tout ſon eſclat; & maintenant
qu'il le perd, que peut-il faire?
Iamais il n'eut de biens ſolides,
les faux commencent à luy mā-
quer ; & auiourd'huy ſur ſon
credit, il ne ſçauroit trouuer vn
habit pour deſguiſer ſa miſere,
& ſi ie ne voy pas comme il en
puiſſe eſperer pour l'aduenir.
De là ie conclus, que ſi nous ne
nous trompons nous-meſmes,
nous ne pouuons l'eſtre du
monde.

Mais pourquoy nous fei-
gnons-nous ? pourquoy eſpar-
gnons-nous noſtre ennemy?
Parlons à ce coup tout à bon.
Nous accuſons la foibleſſe du
monde , & le voila deſ-ja aux

abois. Il n'est plus question d'v-
ne foiblesse, mais d'vne mort.
C'est se mocquer que de plaindre les tapisseries qui se déchirent, quand les murailles vont
par terre. Et en cecy, comme
en vne vieillesse, nous deuons
accuser la caducité de son aage,
les forces luy manquent, & peu
à peu il tire à la fin; les maladies
y conduisent les corps, & les
desastres, le monde. Nous sommes arriuez à son declin, nous
en voions, & en auons veu les
symptomes. La faim, les pestes,
les rauages, les guerres, l'effroy
respandu partout, sont ses dernieres conuulsions. De là vient
que si souuent le Ciel nous me-
nasse, la terre tremble, l'ordre

des faifons fe renuerfe, les animaux fe rendent feconds en
monftres. Toutes ces chofes
font autant de marques affeu-
rées de la decadence des temps
qui vont expirer. Et ne m'en
croyez pas , ie fuis trop foible
tefmoin, pour appuyer vne verité fi importante. L'Apoftre
nous dit que nous fommes
dans la lie des fiecles. Ce qu'ayant efté predit dés long-temps,
le peu qui nous refte doit eftre
bien court. Qu'attendons-nous
donc , & à quoy nous refer-
uons-nous ? Le temps nous
preffe , & le dernier iour non
feulement de noftre vie , mais
encore de l'vniuers. Toutes les
heures nous aduertiffent que

cette diſſolution s'approche, &
ces deux fins nous battent en
flanc de part & d'autre, tellement que le hazard de deux
maux extrêmes ne butte qu'à
vne mort aſſeurée. Pauures humains doublement mortels,
faut-il que les ruines du monde
vous accablent, ſi la mort vous
manque ſon coup ? Faut-il
qu'outre les frayeurs d'vne
mort particuliere vous tranſiſ-
ſiez les vns pour les autres, &
que vous blémiſſiez à toute
heure de l'apprehenſion d'vne
mort plus grande que celle qui
vous peut arriuer? Mais que ſert
de flatter ſa crainte? n'eſt-elle
pas iuſte? quand d'vn coſté chacun y eſt pour ſon particulier;

& de l'autre, comme dans vn naufrage, il y va du general pour tous enſemble.

C'eſt ce qui me fait admirer les penſées des hommes, qui dans le débris, ou pluſtoſt dans cette perte vniuerſelle, ne pouuans ny tirer, ny ſe promettre contentemens de ce monde, ne s'en aſſeurent point d'autres pour le futur. Et voyans ce plaiſir qui meurt en leur preſence, s'oſtent volontairement le moyen d'en pouuoir eſperer d'autre, pour l'aduenir. De façon que d'vn coſté le bien leur manque, & de l'autre l'eſperance de trouuer mieux. Eſtat déplorable, & miſerable pour l'homme! s'il ne retire ce profit

de ſon malheur, de chercher
ailleurs ſon aduantage, & quelque remede qui corrige le mal
preſent, prenant de plus ſages
penſées, principalement en ce
temps, où toutes choſes ſont ſi
découſuës, que qui perd ce qu'il
pretendoit dans l'aduenir, n'a
plus rien à eſperer. C'eſt donc
où nous deuons viſer, c'eſt le
ſoin qui doit touſiours tenir noſtre eſprit tendu; & afin de donner encore plus de pied à cette
eſperance, ie me veux aider de
la force d'vn exemple qui vous
rendra cette verité ſenſible.

Faites qu'auiourd'huy vn
homme dóne à vn pauure cinq
ou ſix doubles, mais qu'il luy
promette cinq cens eſcus d'or,

s'il veut attendre au lendemain, finon il luy dit qu'il fe
contente de ces doubles: qui
doute que l'or n'emporte le cui-
ure, encore que l'vn marche deuant, & que l'autre fe doiue faire vn peu attendre? Si vous ap-
prouuez ce iugement, faites de
mefme, & en balançant les cõ-
ditions de cette vie & de la future, ne vous arreftez pas fur
vne chofe de neant, pouuant
mieux affeoir vos efperances.
Vn gain fi leger ne doit pas
nous faire faire vne perte fi notable. Que fi nous voyons, &
nous vfons de toutes les pieces
de ce monde periffable, & d'ailleurs fi l'efperance ne fe tire que
du futur; pourquoy, contre fa

nature, la voulons-nous engager dans le present? Qui ne sçait
que l'esperance n'est plus esperance, quand elle se void, &
que cette vertu a les yeux bandez aussi bien que la foy? Personne n'espere ce qu'il tient. Et
partât faut-il que nous la cher-
chions dans l'auenir, & non pas
la laisser perdre par nostre faute, dedans les miseres du present. Consideré nommément
que ce que nous esperons sur
de si bons gages, n'est pas moins
seur, que ce que nous tenons
des-ia.

Ne vous estes-vous iamais
apperceu, que nous ne sçau-
rions voir ce que nous tou-
chons des yeux; mais que le

mettans dans vne iufte diftan-
ce, nous donnons de la carriere
& à l'œil & à fon obiect, pour
faire leurs effets entiers? Or
croyez qu'il en va de mefme du
prefent & du futur; & que les
chofes prefétes n'ont pas maintenant leur iour pour eftre bien
veuës, & qu'elles bleffent plu-
toft l'œil, que de le recreer.
Mais ce qui eft dans l'éloigne-
ment,& dans l'aduenir, le frappe fans l'offenfer , & fe reprefente en perfection.

Au furplus nous auons de
bons garants de ces chofes fu-
tures, la parole de noftre Maiftre IESVS CHRIST nous fert
d'arrhes tres-affeurées, laquelle promet aux biens-viuans vn

Royaume, & vn bon-heur de
l'eſtenduë de toute l'eternité.
Et non ſeulement nous en a-
t'il donné la parole, mais encore ſoy-meſme, puis qu'il s'eſt
allié de noſtre nature: & par l'a-
dorable ſecret de ce myſtere a
premierement appaiſé Dieu, &
de plus, l'a vny tres-eſtroite-
ment à l'homme, aboliſſant par
ſes tres-precieuſes ſouffraces le
crime qui nous ſeparoit de luy.
D'autāt que c'eſt à ces fins qu'il
a paru reueſtu d'vne chair mortelle, animée neantmoins d'vn
eſprit riche de grace. Les Anges l'y ont adoré, & en ont porté les nouuelles aux nations les
plus eſloignées, le monde l'a
creu, & en fin le Ciel nous l'a

enleué pour le mettre dans la
gloire que Dieu son Pere luy
auoit preparée au dessus de
tout ce qu'il y a de creé, afin
que tout ce qui tient l'estre de
luy, soit dans le Ciel, soit dans
la mer, ou dans le plus creux des
abysmes, luy fist hommage, &
recognût que IESVS CHRIST
est en gloire, & qu'il est Dieu &
Roy auant le commencement
des temps.

O Valerian, que cette Phi-
losophie est releuée! Mais vous-
vous laissez posseder à vn autre
qui vous charme, & vous empesche de vous donner à IESVS
CHRIST. Entreprenez neantmoins sur vous tãt, que de vouloir hanter son escole, asseuré-
ment

ment vous y trouuerez dequoy
employer, & contenter vostre
esprit, & dequoy entretenir vostre eloquence ; & bien tost
vous connoistrez de combien
les maximes d'vne verité sainte
& sacrée passent celles du men-
songe, & que dans celles-cy il
n'y a qu'vn masque de vertu, &
vne sagesse fardée; où, dans ces
premieres, la solidité, & la perfection de la iustice & de la verité s'y rencontrent. D'où l'on
peut inferer que nos aduersai-
res n'ont que le nom de Philosophes, & nous les mœurs. Car
quelles adresses peuuent-ils
donner du bien viure, sans con-
noissance de la premiere & derniere des causes? veu que viuans

Y

dans l'ignorance d'vn Dieu, ils
manquent au premier pas du
chemin de la vertu; & en conſe-
quence de cette faute, plus
ils auancent, plus ils ſe retirent
du chemin de la perfection:tel-
lement que leurs eſtudes ſui-
uant ce pas, n'arriuent qu'à la
vanité. Veu que s'il s'en trouue
parmy eux qui diſcourent de la
vertu, c'eſt pour en tirer de la
gloire; & ainſi la vertu meſme
ne loge iamais chez eux ſans vice. Auſſi n'ont-ils de la ſageſſe
que pour la terre, comme parle
l'Eſcriture. D'où il appert qu'ils
ne cogneurent iamais la vraye
ſageſſe, ny la vertu. Et comment voudriez-vous qu'vn
Diſciple d'Ariſtippe viſt cette

vertu? feroit-ce auec des yeux
de befte, de laquelle non feulement il a les yeux, mais auffi l'a-
me, puis qu'il n'a point d'autre
felicité que celle du corps, &
tient à gloire ce qui doit eftre
reprochable, & fait vn Dieu
de fon ventre. Eft-il poffible
que celuy-la philofophe fainement, & fainctement de ce qui
eft bon & honorable, lequel
tient vn efcole ouuerte d'excez, de des-honneftetez, &
d'infamie? Mais i'efpere que
quelque autre bon fubiet me
donnera vn iour le moyen de
m'entretenir plus à loifir auec
ces Philofophes. Ie les quitte
pour venir à vous.

Ne faites donc plus tant d'estat de leurs axiomes, qui sont comme autant d'Arrests pronóncez sur leurs questions debatuës. Donnez-vous la peine de voir les liures de nos sçauans, & i'espere que vous y trouuerez dequoy rassasier voftre auidité. C'est là que pour establir le fondement de la foy, l'on vous dira, non pas peut-estre en mesmes termes, mais en substance: Que quiconque ne croit à la parole de Dieu, ne l'entend pas. C'est là que l'on vous aduertira, que puis que vous nómez Dieu, voftre Seigneur, vous le deuez craindre: & l'aymer, puis que vous le nommez voftre Pere. Là, vous apprendrez quelles doiuent estre les

offrandes, quand on vous dira
que la iuftice & la mifericorde
font les plus agreables victimes
que l'on puiffe prefenter à la Diuinité. Là, on vous donne pour
maxime, que pour s'aymer, il
faut aymer fon prochain ; &
que l'on fait autant pour foy,
que l'on trauaille pour autruy.
On apprend là, qu'il n'y a point
de caufe qui puiffe iuftifier la
mort d'vn homme que la colere a emporté. Contre l'ordure
des vices, on aduertit de refifter
à l'appetit qui triomphe de celuy qu'il a abbatu, fans efpar-
gner l'honneur de fon corps. Et
de peur de vous laiffer emporter à la conuoitife du bien, on
vous aduife qu'il vaut mieux

renoncer à ce qu'on n'a pas, que
d'auoir ce qu'on defire, pour arrefter la colere, on vous dit,
que qui penfe auoir droit de
monftrer fa paffion toutesfois
& quand on luy en donne le
fubiet, doit croire, s'il eft fans
colere, que ce n'eft qu'à faute
d'occafion. Quant aux ennemis, on perfuade de les aymer,
remonftrant qu'il n'y a perfonne fi barbare qui n'affectionne
fes amis. Mais que de fois on y
repete vne leçon qui eft difficile à apprendre, fçauoir, que le
coffre fort de noftre trefor doit
eftre la main du pauure, pour
ce que ce qui luy eft donné, eft
hors de prife. Que fi vous demandez confeil pour vn choix

de vie, on vous porte touſiours
à ce qui eſt de meilleur. D'autant que nous tenons pour maxime, que le fruict des plus heureux mariages, eſt la continence. C'eſt icy que l'on apprend à
faire peu d'eſtat des maux pre-
ſens , puis qu'ils frappent auſſi
bien les bons que les mauuais.
Et quant aux maladies, on nous
fait croire que celles de l'ame
ſont beaucoup plus dangereu-
ſes que celles du corps. D'autres fois pour vous obliger à la
paix , voicy ce qu'on vous dira:
La reſſemblance des humeurs
entre perſonnes impatientes,
fait naiſtre autant de querelles
que leur contrarieté. Pour faire profit des compagnies , l'a-

xiome eſt, que le fol & le ſage
font des leçons également pro-
fitables aux mieux ſenſez : l'vn
luy enſeignât ce qu'il doit fuyr,
& l'autre ce qu'il doit ſuiure.
Nous y apprenons encore, qu'il
y a bien des choſes qui nous
font du bien ſans les connoiſtre, & partant ne deuons-nous
pas faire moins d'eſtat des faueurs cachées que Dieu nous
fait, que de celles qu'il nous dé-
couure. C'eſt là où on enſeigne
à rendre auſſi bien grace à Dieu
pour les maux, que pour les
biens ; & lors que les bons ſuc-
cez nous arriuent, nous deuons
aduoüer que nous ne les auons
pas meritez. Outre que vous
iugez encore par nos principes,

de ce qui nous eſt bien plus caché. D'autant que pour apprendre aux Gentils qu'il n'y peut
auoir de deſtin, nous les renuoyons à leurs loix, qui ne pu-
niſſent que les libertez crimi-
nelles, & les efforts de la volonté coupable, & non pas ceux du
deſtin. Vne autre maxime vous
eſſuye mille taches de l'ame,
enſeignant que pour n'eſtre
point trompé, & ne tromper
point, il ne faut iamais ſoupçon-
ner. Peut-eſtre que celle-cy
ſonnera plus haut: d'autant qu'-
elle parle aux plus releuez en
vertu. Quiconque portant ſa
penſée vers Dieu, ſous-rit neāt-
moins au chatoüillement de ſes
paſſions, fait comme qui ſe pre-

346 *Letre de S. Eucher,*

cipiteroit du Ciel en terre. L'on n'y oublie pas aussi ce mot d'aduis: Que puis que les gens de bien sont persecutez en ce mõde, & les meschans au contraire ont le bon-heur de leur costé, qui osteroit la foy du iugement, feroit ce qui ne peut estre, vn Dieu iniuste. Que si vous estes en secret, encore vous glissera-t'on ce petit mot. Ne faites iamais ce que vous ne voudriez pas que les hommes sceussent; & ne pensez nullement à ce que vous ne voudriez pas que Dieu cogneust. Pour fermer la porte à toute sorte de tromperies, l'on vous dit qu'il vaut mieux se laisser tromper, que d'en vouloir tromper vn

autre. Le remede asseuré contre la vanité s'y trouue aussi en
ces mots, Plus vous aduancez
en vertu, & plus deuez-vous
craindre la vanité. Veu que les
autres vices se nourrissent de
poisons, la vanité ne se repaist
que de vertus. Cecy soit dit legerement, & comme effleu-
rant nos liures ; aussi n'est-ce
que pour vous en donner du
goust.

Que si vous penetrez plus
auant dans les mysteres de nos
sainctes Escritures, c'est là, où la
letre, & la profondeur de ses
sens vous frapperont d'eston-
nement. Car comme vne pierre excellente, elle brille si viuement, & iette si benignement

ses rayons, qu'ils semblent n'en
sortir que pour aller querir ceux
de l'œil, & les conduire auec
escorte dans le centre de sa lumiere. Accoustumez vostre esprit peu à peu à son esclat, iamais il ne l'ébloüyra; & faites,
si vous pouuez, qu'il s'en nour-
risse, il ne peut l'estre d'vne plus
diuine viande.

Ce faisant, & moyennant
l'ayde de Dieu, i'espere que
vous perdrez bien tost l'appetit
de vos douceurs, & que vous le
reseruerez pour les nostres, qui
sont seules capables de nourir
vne ame. Cecy merite bien que
vous y pensiez: d'autant que ce
n'est pas prudence de ne rien
faire pour soy, consideré que

Dieu a tant fait de choſes pour nous. Or eſt-ce trauailler pour ſoy, que de nous donner à Dieu, & nous dedier à ſon ſeruice; veu que la vraye beatitude eſt de ne la point attendre en ce monde, & meſpriſant celle qui s'y trou-ue periſſable, n'aſpirer qu'à l'e-ternelle.

Et partant dés à preſent dreſ-ſez voſtre route vers ce pole, & que vos penſées, vos paroles, & vos actions n'ayent que Dieu pour leur but. Conſeruez cet-te reſolution, afin qu'elle vous conſerue ; l'innocence vous ſuiura par tout. Outre que ce vous eſt beaucoup d'honneur de pouuoir ſuiure la vertu, & de donner vn ſeruiteur à vne ſi

grande Princeſſe. Mais ſur tout
que la crainte de ne pouuoir dégager voſtre ame de ſes mau-
uaiſes inclinations ne vous re-
tienne. Celuy à qui nous-
nous dõnons, & qui nous donne le courage d'entreprendre
quelque choſe contre nous-
meſmes, nous donnera les forces neceſſaires pour en rempor-
ter vne victoire tres-parfaite.

Et afin de vous faire com-
prédre en quelque façon, quelle doit eſtre la recompenſe de
ces trauaux, il la faut lire eſcrite
du doigt de Dieu ſur la rondeur
de ce grand monde, & remarquer que ſa main liberale qui
répand cette precieuſe lumiere
qui nous eſclaire, le fait indiffe-

remment pour toute forte de
perfonnes; & que le Soleil ef-
claire autant le mefchant, que
l'homme de bien; que pas vne
des creatures ne fait refus de
feruir à qui s'en veut aider: bref,
que ce monde n'eft qu'vne có-
mune pour les bons, & pour les
mefchans. Que fi Dieu verfe
tant de biens fur les iuftes & les
iniuftes, qui fera-ce de ceux
qu'il referue pour fes éleus? Si la
liberalité qui deuance nos merites, va fi loing, où arriuera
celle qui les fuit? Que deuons-
nous eftimer de fes recompenfes, puis que fes dons font fi
grands? Que peuuent faire fa
bonté & fa iuftice iointes enfemble, fi fa bonté feule eft fi

riche? Ny la parole, ny la penfée n'arriuerent iamais à ce que
Dieu a préparé pour ceux qui
l'ayment; le prix en eſt infiny.
Veu qu'il ne peut faire tant de
faueurs à des ingrats, qu'il ne face des dons immenſes à ceux
qui en font l'eſtat qu'ils doiuent.

　　Ouurez les yeux, Valerian,
& du milieu de la tourmente
regardez ſi vous pouuez, le ha-
vre aſſeuré de noſtre profeſſion;
tournez proüe de ce coſté-la. Il
n'y a que ce port, où l'on puiſſe
eſtre à couuert des tempeſtes
de ce monde: c'eſt le lieu où il
nous faut rendre, ſi nous fuyõs
le danger; il n'y a que cette coſte où l'on n'eſchoüa iamais.

　　　　　　　　　　C'eſt

C'est vn riuage, où la terre tend
les bras, & vous inuite au repos,
aprés vous auoir receu, battu
d'vne mer auſſi blanche des os
de ceux qui s'y ſont perdus, que
de ſon eſcume. Heureuſe retraicte! douce, & aſſeurée defenſe contre les vents, & le hazard. Il n'y a que le bruit des
orages qui face naufrage dans
ce port ; & que le calme & le
repos ; qui n'en peuuent partir. C'eſt vne parfaite image du
Ciel, qui peint ſes lumieres &
ſon azur, deſſus le poly de ſon
element. Que ſi vous y abordez
vn iour, comme i'eſpere que
Dieu vous en fera la grace, c'eſt
là, qu'aprés tant de courſes inu-
tiles, vous arreſterez pour ia-
Z

mais voftre nauire laffée, auec l'ancre de fa faincte Croix.

Ie fens bien que ie m'étends trop, c'eft pourquoy i'abrege, & vous reduis en deux mots la force de toutes ces diuines raifons, que ie vous prieray de receuoir à la gloire de noftre commun Maiftre. Pardonnez à l'homme (ce fera moy, fi ie vous ay ennuyé) & tafchez de connoiftre Dieu.

ADVIS
SVR LA LETRE
DE SAINCT EVCHER,
A S. HILAIRE.

Ovs deuons cette le-
tre à la solitude de Le-
rins, qui est vne petite
Isle de Prouence à la
veuë d'Antibe. Elle a deuant
soy vn Isleau si petit, qu'on le
nomme vulgairement la For-
mingue, aussi diriez-vous qu'il
n'est qu'vne formy dans la mer.
Au de là, paroist vne Isle de

356

moyenne grandeur dite anciennement LERINE, & au iour-
d'huy, SAINCTE MARGVERITE.
Plus auant, à vne petite lieuë de
terre, suit cette celebre LERINS,
plus grande de renom, que de
tour : qui fut la nourice des
Saincts, ainsi que la nomme En-
node. Son premier Abbé S. Ho-
NORAT, luy laissa son nom, qu'-
elle porte encore à present. Les
Peres n'en parlent iamais qu'en
termes tres-honorables. Sidoin-
ne Euesque de Clairmont, &
d'Auuergne, semble les auoir
tous enfermez dans vn vers, disant d'elle, que n'estant qu'vne
terre plate, & vnie, elle a neantmoins porté quantité de grandes,
& d'admirables montagnes.

Ie ne penſois pas me voir obligé à déchiffrer cette letre ; & ſi
vne ſaincte ame (qui a choiſi vn
Lerins plus proche du Ciel que
Paris) ne m'en euſt preſſé, ie n'y
euſſe iamais ſongé; mais le nom
de la ſolitude l'ayant touchée, il
m'a fallu ſeruir à ſes contentemens. Il eſt vray que ſi ie n'euſſe
iugé qu'vne verſion eſtoit au deſſous du vol de ſa plume, ie me
fuſſe monſtré plus entier en mes
excuſes, m'aydant de l'intereſt
qu'a le public de receuoir vne verité d'importance, d'vne main
qui n'empire pas le preſent. Ie
vis neantmoins dans vne creance, que ie voudrois pouuoir vé-
rifier en ce trauail, que Dieu

358

supplée aux manquemens que
l'ardeur de promptement obeyr,
peut faire naistre dans vn ouurage.

LETRE
DE SAINCT EVCHER,
A S. HILAIRE.

A tres-sainct, tres-digne, &
tres-illustre Pere en IESVS
CHRIST, *Hilaire. Eucher*
son tres-humble.

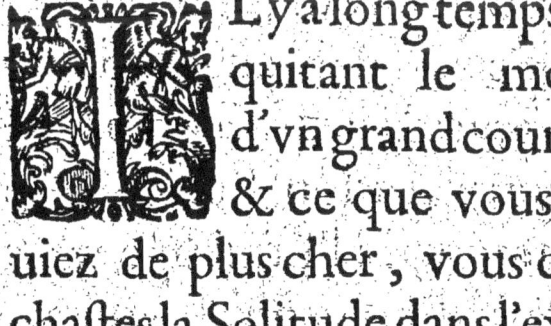L y a long temps que
quitant le monde
d'vn grand courage,
& ce que vous y a-
uiez de plus cher, vous cher-
chastes la Solitude dans l'extre-

mité de la terre, vous retirant
fur les coftes de noftre mer.
Mais iamais vous ne fiftes tant
paraiftre de refolution en cette
entrée, que vous en auez montré à voftre retour. Veu que
quand vous y arriuaftes la premiere fois, ce fut comme vn
hofte, fuiuant vne guide qui
vous marquoit les chemins, &
fous qui, depuis, vous fiftes voftre apprétiffage d'armes, pour
cette faincte milice. Or le fuiuant, & quitant les voftres, vous
ne pouuiez vous vanter d'eftre
fans Pere. Mais au iourd'huy
que vous l'auez accompagné
iufques dans fon Euefché: le
pur amour de l'Ermitage vous
a conuié d'y reuenir. Ie vous en

eſtime d'auantage, & l'exemple que vous auez donné au
monde, en eſt beaucoup plus
eſclattant. Dautant qu'en cette premiere entrée, il ſembla
que voſtre frere vous faiſoit
ſuiure : & à preſent, que vous
y retournez auec tant de fran-
chiſe, vous auez meſmes quitté
vn Pere, qui ne ſe pouuoit aſſez priſer : & lequel vous auez
touſiours honoré ſi cherement,
& aymé auec tant de paſſion,
que vous ne pouuiez rien aymer plus que luy, ſinon peut-
eſtre le Deſert. En quoy l'on ne
peut dire que vous ayez manqué d'affection en ſon endroit,
mais ſeulement que vous en
auez eu de plus forte pour l'Er-

mitage. Et ce faisant vous auez montré combien la retraicte vous estoit chere, puis que la plus puissante de vos affections luy a cedé. Mais cét amour (pour en parler proprement) n'est pas d'vn lieu champestre, mais de Dieu, & faut dire seulement que vous auez gardé l'ordre de la charité, aymant Dieu premierement, & le prochain en son rang, & apres luy, suiuant ses sainctes ordonnances.

Ie me figure qu'il s'est aysément laissé aller à vostre bien, & qu'il n'a pas fait de grands efforts pour combatre vostre dessein, mais que plustost, par vne nouuelle façon d'adieu entre des personnes tres-vnies, il n'a

pas ëu moins d'enuie de vous
laisser aller, que vous de vous
separer de luy. Ie sçay qu'il vous
ayme parfaitement, & neantmoins son amour est si reglé,
qu'il s'arreste à vos interests. Sa
charité ne peut estre plus grande que celle qu'il a pour vous,
mais sçachez, que puis qu'elle
demeure attachée à vos profits,
& qu'elle en fait cas, c'est signe
qu'elle est montée à son plus
haut point. Pour moy ie vous
diray libremét, qu'encore que
vous ayez donné de grands
biens aux pauures, pour acheter leur condition, & pour
deuenir riche de leur merites
selon Dieu : & d'ailleurs que
vous ayez gagné en ce premier

aage où vous estes, ce que peu
de vieillards ont acquis au bout
de la carriere. Et que vostre esprit soit vn brillant, dont l'eloquence fait la montre : si n'ad-
mirez-ie , & n'aymez-ie rien
tant de toutes ces bonnes qualitez, que le choix que vous a-
uez fait de mener vne vie cachée. Ce qui fait, que puis que
vous me pressez si souuent de
m'estendre dans les responses
que ie dois à vos grandes, &
eloquentes letres, i'vseray à cette fois de vostre congé, vous
prieray, comme celuy qui est le
plus sage , de souffrir vne sail-
lie que vous me faites faire pour
vous representer les benedi-
ctions que Dieu a versées libe-

ralement fur voftre chere folitude.

Heureufe demeure, que ie
penfe pouuoir nómer auec verité, le temple fans bornes de
Dieu infiny: veu que s'il loge
dans la profondeur du filence,
il eft à prefumer qu'il fe plaift
auffi dans les lieux les plus retirez. C'eft là, que fouuent il s'eft
monftré à defcouuert à fes
Saincts, & qu'il a permis aux
hommes de traicter priuément
auec luy, à la faueur de ce lieu.
Ce fut là, que Moyfe aperceut
les rayons du vifage de Dieu,
qui reialirent fur le fien. Là méme, Elie fe couurit, de peur d'en
voir la Maiefté. Et bien que ce
grand Dieu rempliffe tous les

endroits de l'vniuers, logeant
par tout, commé chez foy, il
eft neantmoins croyable qu'il
ayme particulierement les De-
ferts, puis qu'il ayme les Solitudes du Ciel.

On dit à ce propos, qu'vn certain ayant demandé à vn autre
où il penfoit que Dieu fe tint;
que pour luy apprédre, il le pria
de le fuiure. Ce qu'ayant fait, &
eftans arriuez dans vn Defert,
apres luy en auoir montré l'e-
ftenduë, il luy dit, C'eft icy où
Dieu demeure. Ie trouue qu'il
auoit raifon de le dire, & de le
croire ainfi, puis que le lieu de
fa demeure eft celuy où on le
trouue plus ayfément.

Au commencement du mon-

de quand Dieu regla toutes
choſes par ſa ſageſſe, les diſpoſant pour ſeruir à ſes deſſeins, il
ne s'oublia pas de ces endroits
de la terre, qui ſemblent les
plus eſloignez de ſes ſoings:
mais comme il vouloit que ſon
ouurage ſeruit autant pour les
diſpoſitions de l'auenir, que
pour la magnificence du preſent, ie me perſuade, qu'il prepara les Deſerts pour les Sainⅽts
qui s'y deuoient loger vn iour,
& qu'il voulut les enrichir de
ces fruicts, & recompenſer la
ſterilité de leur terroir, ordonnant que pour l'amender, il por-
taſt des Sainⅽts. Et puis qu'il
aroſoit d'enhaut les montagnes, les valons ne deuoient

pas estre sans benediction. En
effect c'estoit le moyen de reparer les defaux de ces lieux,
que leur donner de si bons
hostes.

Le premier Seigneur du Paradis, fut le premier des rebel-
les : & ce, dans vn lieu de delices, ne pouuant faire accorder
les commandements de Dieu,
auec les plaisirs de sa demeure.
Il laissa ramolir la fermeté de
son courage par l'excez de tant
de douceurs, qui fut cause, que
la mort en tira son aduantage; &
le trouuant affoibly, elle l'abba-
tit ; & par vne continuation
d'outrage, elle a depuis entrepris le méme contre tous ses décendans. Partant qui aymera la
vie

vie, ayme le Desert, puis que
celuy qui viuoit dans les delices des iardins, y a rencontré la
mort. Mais descendons vn peu
plus bas, pour venir aux exemples que nous connoissons de
cette Solitude, si cherement
aymée de Dieu.

Moyse ayant mené ses trou-
peaux bien auāt dans le Desert,
y apperceut de loing les rayons
de la diuinité qui esclatoient
dans vne flamme innocente, &
eut non seulement le bien de
lavoir, mais aussi de l'entendre
parler. Et Dieu luy faisant com-
mandemét de quitter sa chauf-
sure: declara luy mesme la sain-
teté de ce lieu, par ces paroles,
L'endroit où tu és, est terre sain- Exod. 3.

&c, c'estoit descouurir le merite caché du Desert, & asseurer
sa saincteté par vn tesmoigna-
ge encore plus sainct, & qui le
pouuoit consacrer, quand bien
il ne l'eust pas esté auparauant.
Or ie croy que par ce commandement, Dieu aduertissoit tai-
siblement ceux qui desirent d'y
entrer, qu'ils ayent à se défaire
de toutes les vieilles habitudes
de leur vie passée, & à n'y venir que bien dégagez de leurs
liens, de peur de le des-hono-
rer ayant les marques de leur
anciene seruitude. Ce fut là que
Moyse commença à seruir de
truchement à Dieu, & qu'il
traita priuément auec sa Maiesté, demandant, & apprenant

de ſa bouche , ce qu'il auoit à faire, ou à dire. Pratiquant ainſi familierement auec le Dieu du Ciel, & de la terre. Bref ce fut là, qu'il receut la baguete dont il chaſtia les Elements , & fit trembler toute la nature. Et y eſtant venu petit berger de brebis, il en reuint Paſteur des hommes.

Que dirons-nous de ce peuple de Dieu ? n'eſt-il pas vray que voulant quiter l'Egypte, & ſe deliurer de l'infamie de ſon ouurage de boüe: il s'eſcarta, & chercha le Deſert pour s'aprocher de Dieu, qui le tiroit de ſeruitude. Il s'auança vers l'horreur d'vne effroyable ſolitude ſous la conduite de Moyſe. O

mon Dieu que vous estes doux
en vos merueilles! Moyse vous
adora dans ces lieux, à son entrée. Maintenant il y retourne,
pour vous y voir. Mais ne fut-
ce pas vous mesme qui condui-
sites vostre peuple dans le Desert? portant deuant luy vne
colomne de feu, pour dresser sa
route : elle estoit allumée de
nuict , & de iour ne luisoit
qu'au trauers d'vne nüée, qu'elle doroit de ses rayons. Tandis
qu'ils le meriterent, le Ciel fut
pour eux; & de iour il leur mar-
qua vn chemin de laict , & au
retour de la nuit, il leur montra
le mesme, auec vne tres-agrea-
ble flamme. Cependant les enfans d'Israël suiuoient ce rayon

qui les esclairoit d'enhaut. De
façon que pour arriuer dignement dans le Desert, où Dieu
les conduisoit. Luy mesme
porta le flambeau deuant eux.

Et n'arriua-t'il pas encore,
que la mer les empéchant d'entrer au Desert, leur fut ouuerte;
& que passant entre deux montagnes d'eau, ils firent leuer vne
nüée de sablon rouge, sembla-
ble à celuy qu'ils considerérent
à loisir dessus le bord : apres a-
uoir esté enfermez dans vn pre-
cipice de mer, & apres auoir été
à demy couuerts de deux co-
stes de marine, penchantes dessus leur teste. Dieu qui vouloit
sauuer ce peuple, luy fit passer
miraculeusement ce destroit.

A a iij

Et si les effects de la puissance
de Dieu ne s'arresterent pas là,
d'autant qu'ayant respandu de-
rechef la mer sur ce qu'elle a-
uoit découuert, il n'oya le chemin que son peuple auoit tenu,
auec tous ses ennemis. Et en
mesme temps, luy ferma le pas,
mettant la mer à son dos : de
peur (comme ie croy) qu'Israël
n'eust moyen de se dédire du
voyage. Il leur fit donc ce chemin dans la mer, qu'il défit aussi
tost qu'ils y eurent passé, rassem-
blant les eaux. A fin de donner
passage à son peuple pour entrer dans le Desert, & de luy
oster pour le retour.

Ces faueurs ne seruirent que
pour le faire entrer au Desert.

Mais depuis qu'il y fut, les mer-
üeilles deuindrent tout autres.
Premierement Dieu les rafraiſ-
chit en ce lieu, par vne façon
ineſperée, faiſant ouurir vn rocher d'vn coup de baguette,
qui en tira des eaux ſuffiſam-
ment pour deſalterer tant de
bouches. Il fit naiſtre ſubite-
ment vne ſource, dont ſa main
inuiſible cacha les veines dans
le roc : & ne ſe contentant pas
d'auoir fait couler en eau les
entrailles d'vne pierre ; il corri-
gea, dans ce meſme Deſert l'a-
mertume d'vne autre eau par la
douceur qu'il y meſla. De ſorte que par deux merueilles é-
gales il adoucit celle-cy, & fit
naiſtre celle-la : n'eſtant pas vn

moindre miracle de changer
vne mauuaise eau , en bonne:
que de tirer de l'eau d'vn rocher. Le peuple s'aperceut bien
que ces deux sources couloient
du Ciel , tant celle qui ruisseloit
desia , que celle qui commença de paroistre.

De plus. On sçait ce qui arriua en ce mesme lieu, & comme
quoy ce peuple trouua le disner,
& la nappe mise, sus les landes
que le Ciel auoit blanchies.
Dieu fit tomber pour luy, vne
pluye seiche de pain blanc, &
vne neige de manne , dont les
pauillons, & tous les enuirons
du camp furent couuerts, afin
de faire gouster aux hommes
le pain des Anges. Et d'autant

qu'il n'y a iour qui ne nous donne aſſez de peine pour le bien
paſſer : cette douce prouidence leur enuoyoit tous les ma-
tins la prouiſion , leur faiſant
délors commandement de ne
ſe point mettre en peine pour
le lendemain , qui peut eſtre ne
ſeroit pas pour eux. De façon
qu'en cette ſeichereſſe de la
terre, le Ciel fourniſſoit à leur
dépence.

Ne fuſt-ce pas là, que les mé-
mes Hebrieux receurent les
loix , & les ordonnances de
Dieu? Ce fut dans ces Deſerts
effroyables , que s'approchant
du Createur, ils meriterent de
lire les caracteres imprimez de

les propres doigts. Ce fut là,
qu'eſtans ſortis du camp pour
aller au deüant de luy, ils dé-
meurerent au pied de la montagne, d'où ils virent auec effroy la pointe de Sinai, que
Dieu couuroit, s'y eſtant arre-
ſté : rempliſſant tous les enuirons de crainte, & de l'eſclat de
ſa Maieſté. Ils s'eſtonnerent à
la veuë de cette montagne fu-
mante, & des feux qui cou-
roient de tous coſtez. Vne
nüée eſpaiſſe ſuruenante là deſſus, & enuelopant la montagne, les foudres & les eſclairs
en partirent auec tant d'effort,
que les plus aſſeurez en perdirent contenance. Et pour leur
donner l'eſpouuante toute en-

tiere, les tonnerres, qui ſe ſui-
uoient de prés, troublerent
l'air: & le bruit des trompetes
qui s'y meſla, adiouta ce qui
y manquoit des alarmes & des
frayeurs de la guerre. Si bien
que les enfans d'Iſraël viuans
dans le Deſert, meriterent de
voir la demeure de leur Dieu,
& d'en entendre la parole.

Ces merueilles, & autres
ſemblables, ont ſeruy à cette nation, & l'ont nourie tandis
qu'elle a eſté au Deſert: où elle a veſcu d'vne viande inco-
gneuë, beu d'vne eau miracu-
leuſe, & a demeurée couuerte
des meſmes habits ſans les vſer.
Ioüyſſant au reſte d'vne ſanté
ſi entiere, que ce qui touchoit

leurs corps, en deuenoit incor-
ruptible. Dieu les secourant
sensiblement, & leur fournis-
sant, ce que le lieu leur refusoit.

Vn grand Sainct n'a peu meriter la moindre de ces faueurs:
& est contraint de dire luy méme, *Que Dieu n'a point trai-*
té de la sorte, les autres na-
tions. Il n'accorda iamais de
priuileges sous la forme de ceux
qu'il octroya à son peuple, tandis que ses liberalitez le nouri-
rent dans le Desert. Et en effet,
se furent des graces tres-par-
ticulieres, & inoüies auparauant.

I'attends qu'on nous die que
tout cecy ne s'est passé qu'en faueur de ce qui nous deuoit arri-

Psal. 147.

uer: & que les fleurs de cette hiftoire ne portent des fruits que
pour nous. Que c'eſt nous qui
auõs eſté baptiſez en la perſonne de Moyſe, ſous la nuë qui le
couuroit, & dans les eaux qu'il
trauerſa : que nous auons tous
mangé d'vne méme viande ſpirituelle, & beu d'vne meſme
ſource de vie. Il faut aduoüer
neátmoins que ces choſes ſont
tellement figures, qu'elles ne
laiſſent pas d'auoir en ſoy leurs
veritez. Et à le prendre de la
ſorte, la loüange du Deſert n'en
eſt pas moindre, puis qu'il eſt
vray de dire, que tout ce qui s'y
eſt paſſé de grand, a ſeruy de
crayon à des myſteres ſi releués,
que ſont les noſtres. Ie ne trou-

ue pas que se soit rabatre de l'e-
stime qu'on doit faire de ces
lieux, quand on dira que l'estat
des corps, & des habits, qui n'y
receurent iamais d'alteration,
nous marquerent la perfection
de la vie future, où toutes choses sont eternelles. Ce n'est pas
vne petite loüange d'vne demeure, qu'elle rend des à present ceux qui s'y tiennent, semblables à ceux qui viuront
dans le bon-heur de la felicité
que nous esperons au Ciel.

Il y a quelque chose de plus.
C'est que les enfans d'Israël ne
peurent iamais entrer dans cette terre desirée, que passant par
le Desert: Et pour posseder les
campagnes arosées de miel &

de l'aict, ils furent contraints de
viure long temps dans vn pays
fec, & infertile. C'est par ce
chemin qu'on est tousiours arriué à nostre vraye patrie. Et
qui veut iouÿr des biens du
tout puissant dans la terre des
viuants, face estat de loger auparauant dans vne terre inha-
bitable, qu'il s'y tienne pour
vn temps, s'il desire d'estre eternellement citoien de celle-la.

Mais pour finir ce pelerina-
ge : n'est-il pas vray que Dauid
n'eschapa la colere du Roy qui
le pourfuiuoit à mort, que dans
le Defert. Et que demeurant
dans les feichereffes d'Idumée
tout alteré de Dieu, il fortit de
ces lieux inacceffibles, & fans

eau , pour paroiſtre deuant ſes
Autels , & y ayant acquis de la
ſainĉteté , contempler plus dignement les vertus, & la gloire
de ſon Dieu.

Quant à Elie, qui fut le plus
grand de tous les Ermites : ne
ferma-t'il pas le Ciel à la pluye,
& ne l'ouurit-il pas au feu? Vn
oyſeau luy ſeruit de pour-
uoïeur. Il eut le credit de rompre les arreſts de la mort eſtans
meſme executez. Il fit ouurir
le Iourdain pour paſſer à pied
ſec. Et ſans que le Ciel le rauit
à la terre , dans vn chariot de
feu, il en euſt fait dauantage.

Eliſée qui ſuiuit ſa forme de
vie, & ſa vertu , ne deuint-il
pas auſſi renommé que luy
pour

pour ſes miracles ? Le torrent
qu'il arreſta luy donna du bruit:
& le fer de la coignée qu'il fit
monter deſſus l'eau par ſa parole le mit en credit. D'autrefois les morts qu'il reſuſcita.
Ou bien l'huile qu'il fit croiſtre
en la verſant. En fin apres pluſieurs grands effects, il montra
qu'il auoit receu le double des
pouuoirs de ſon Maiſtre, qui
neantmoins de ſon viuant, a-
uoit rendu la vie aux morts,
veu que ce Diſciple, le fit meſme apres ſa mort.

Les enfans des Propheres
ne quitterent-ils pas les villes
pour ſe loger aupres des deux
ſources du Iourdain. Ils ſe deſ-
roberent du monde pour faire
leurs logemens à l'eſcart ſur le

bord du torrent. Et là, cette
faincte trouppe s'eftant cam-
pée, & ayant dreffé fes pauillons fur des riuages folitaires,
conferuoit dans vn logement
propre pour la vertu, la fain-
te vigueur & la generofité de
fes anceftres.

Ie viens à celuy qui n'eut iamais de plus grand que luy, entre les enfans des hommes. Ne
viuoit-il pas, & ne prefchoit-
il pas au Defert? Il y baptifa, il
y publia la penitence. Ce fut
là, qu'on commença à parler
du Royaume du Ciel, il en fit
fefte à fes auditeurs, les y inuitant du lieu, où ceux qui en
auoient enuie, le pouuoient
ayfément meriter. Ce ne fut

pas sans raison, que ce grand
homme du Desert fut choisi,
pour faire l'office de l'Ange qui
deuoit marcher deuant le Mes-
sie. Il ouurit le chemin du Paradis, seruant d'auant-coureur
& de tesmoin sans reproche,
puis qu'il merita d'entendre
luy-mesme la voix du Pere, qui
parloit du Ciel : de toucher le
Fils , en son Baptesme : & de
voir le sainct Esprit , qui des-
cendit pour ce mystere.

Le mesme Seigneur, & Sau-
ueur des hommes, incontinent
apres son Baptesme (comme
remarque l'Escriture) se laissa
emporter par l'esprit dans le
Desert. Et on ne peut douter
que cét esprit ne fut sainct. Or

que le sainct Esprit pousse au
Desert, qu'il inspire, & qu'il
suggere secretement cette pé-
sée : c'est dire que la Solitude est vne persuasion digne de
luy.   Donc la premiere chose
que ce Seigneur fit apres auoir
esté laué des eaux Mystiques
du Baptesme, fut de se retirer
au Desert, où son affection le
poussoit.   Et neantmoins c'e-
stoit luy qui auoit donné la
saincteté aux eaux : & n'en a-
uoit point vsé pour lauer les
taches de pecheur, qui ne le
salirent iamais, & qu'il ne pouuoit craindre : neantmoins il
ne laissa pas d'aymer ardemment la Solitude : Et (comme
toutes ses actions deuoient ser-

uir à noſtre inſtruction) il voulut ſe condamner à demeurer
en ce lieu, aucunemét indigne
de luy, & l'aymer pluſtoſt pour
nous, que pour ſoy-meſme.
Que ſi vn Dieu ſi eſloigné de
toute offenſe, l'a deſiré : auec
quelle paſſion le deuons nous
rechercher, nous diſ-je ſubiets
à tant de foibleſſes? Que ſi l'im-
peccable l'a choiſi, nos defaux
qui ſont ordinaires, nous le doiuent faire aymer auec vne ardeur extrême.

Or en cét eſloignement du
bruit du monde, il fut ſeruy
comme vn Dieu, & ne plus ne
moins, que s'il euſt dé-ja rentré
dans le Ciel. Les Anges s'effor-
cerent de luy rendre toutes

fortes de deuoirs. En ce mefme endroit, il rembara le vieux
rufé qui defployoit contre luy
fes anciennes malices , & luy
fit fentir vn nouuel Adam, plus
fort que celuy qu'il auoit jadis
vaincu. O excellence de la Solitude, le diable y a efté battu,
apres auoir furmonté dans le
Paradis.

Ie croy que c'eftoit encore
vn Defert, où le Sauueur du
monde donna à manger à cinq
mille perfonnes, qu'il contenta
de cinq pains, & de deux poif-
fons. C'eftoit fa couftume de
traiter les fiens en ce lieu. Autresfois il y auoit donné la mã-
ne pour arrhe de ce don futur:
& auiourd'huy ils en rappor-

tent les reftes, auec vne mer-
ueille qui ne fut pas moindre.
Pour lors la nouriture tomba
des nuës, icy elle creuft entre
les mains de ceux qui la con-
fommoient : & par la vertu de
la benediction, le plat eftant
groffi, les viandes fe trouue-
rent plus abondantes fur la fin
du repas, que quand elles furent feruies. La fterilité de la
Campagne fut caufe de ces miracles. D'autant que fi le lieu
n'euft fait naiftre de la neceffité, la puiffance de Dieu fe fuft
tenuë plus referrée.

Le mefme Sauueur eftoit
monté fur le haut de la montagne auec fes trois fauoris, lors
qu'il fit reialir extraordinaire-

ment les rayons de sa Diuinité
sur son visage. Et viuant en
homme parmy les hommes, il
fit paraistre à l'escatt, qu'il é-
toit Dieu. Le plus grand des
Apostres s'escria, qu'il faisoit
bon là pour luy, estant tout rauy de ce qu'il auoit veu. Mais
ce fut dans vn Desert.

L'Escriture nous apprend
que ce bon Seigneur s'y reti-
roit pour faire sa priere, qui est
vne cause assez iuste pour le
nommer lieu d'oraison, veu
que Dieu mesme nous a montré par son exemple qu'il n'y en
auoit point de plus propre pour
l'adorer. Et nous a enseigné cét
endroit, comme le plus aysé,
pour faire monter la priere de

celuy qui s'humilie par deſſus les nües. Elle y eſt fauoriſée du lieu, & du repos, qui la rendent recommandable. Mais pouuoit-il mieux declarer où il vouloit eſtre prié, que de le choiſir pour ſoy meſme, quand il vouloit prier ſon Pere.

Apres cecy, ie n'ay que faire d'employer les exemples de Iean, de Macaire, & de mille autres, qui viuans dans le Deſert, ont conuerſé dans le Ciel, & ſe ſont approchez de Dieu, autant que la foibleſſe des hommes mortels le pouuoit faire. Eſtans entrez auſſi auant dans les connoiſſances de ſes œuures, que la peſanteur de leur corps l'a peu permetre,

Tenant donc touſiours leur eſprit attaché aux choſes du Ciel,
ils en ont découuert les ſecrets,
& en ont tiré des graces qui ont
paru par les miracles eſclatans,
ou par les reuelations particulieres : & auec les aduantages
de leur Solitude, ils ſont arriuez à ce poinct de perfection,
de toucher en meſme temps
du coprs à la terre, & d'auoir
l'eſprit dans le Ciel.

I'ay donc tout ſubiect de
nommer noſtre Ermitage le
vray logement de la foy, l'enclos de la vertu, le Sanctuaire
de la charité, le treſor de la pieté, le cabinet de la Iuſtice.
D'autant que comme dans vne
grande maiſon, l'on enferme

fous la clef ce qu'il y a de plus
pretieux ; ainfi les Saincts, qui
font à couuert dans les lieux
dont la nature a defendu l'entrée aux autres, y demeurent
cachez, côme dans vne chambre feure, & pour n'eftre point
falis, par la conuerfation du
commun. Or ce Grand Sei-
gneur du monde, tient tellement là fon trefor, qu'il ne laiffe pas de l'en tirer quelquefois,
& d'en faire montre quand il
iuge eftre à propos, de ce faire.

On ne peut nier, qu'anciennement Dieu n'aye donné de
grandes preuues du foing particulier qu'il auoit de nos De-
ferts, mais encore à prefent en
prend-il vn, qui n'eft pas petit.

Veu que s'il pouruoit aux neceffitez du boire & du manger
de ceux qui y font, par les fecrets de fa liberalité, que les
hommes ne peuuent comprendre, c'eft tout ainfi que s'il leur
faifoit tomber le pain du Ciel.
Auffi trouuent-ils leur manne
dans cette magnificence , &
c'eft toufiours la mefme main
de Dieu, qui leur donne dequoy viure, mais en cachete:
fi elle fait qu'on trouue de l'eau
en perçant la veine d'vn rocher
à coup de pics, c'eft tout ainfi
que fi la baguette de Moyfe
en faifoit fortir des riuieres.
Quant aux habits, ils'en trouue graces à Dieu dans le Defert, & cette prouidence en

fourniſſant gratuitement, & ſi
à propos, les rend en quelque
façon eternels, par cette ſuite.
Que ſi Dieu nourit iadis les
ſiens dans le Deſert, il fait encore le meſme. La ſeule difference qui s'y trouue, eſt qu'il
n'eſtendit iadis le benefice, que
quarante ans : & cetui-cy doit
durer auſſi long-temps que les
années.

Et partant que celuy qui ſe
ſent eſchauffé d'vn feu diuin,
quitte hardiment ſon pays,
pour cetuy-cy : & qu'il en faſſe
plus d'eſtat que de ſes parens,
de ſes enfans, & de ſes Pere &
Mere. Que pour en ioüyr il renonce aux plus doux entretiens de ſes amis. Apres auoir

abandonné le lieu de sa naiſſance, il n'y a que cette terre
qu'on doiue tenir pour ſõ païs:
& qu'elle ſeule qui merite, que
la crainte, le deſir, les plaiſirs,
& la triſteſſe, ne nous en puiſſent retirer. Ce n'eſt pas nous
tromper que de dégager nos
affections de toutes choſes,
pour les employer à celle-cy.

Pourroit-on bien dignement
expliquer le bon-heur de la
Solitude, & les aduantages
qu'ont ceux qui s'y retirent
pour y viure vertueuſement?
Ils ſont dans le monde, ſans
y eſtre. *Et vont ſe perdan*
dans les Deſerts (comme par
le l'Apoſtre) *ou bien viuent en-*
ſeuelis ſous les montagnes, ou

Heb. 11.

dans le plus creux des antres, &
des cauernes de la terre. Le mon-
de ne les merite pas. Et l'Apoſtre ne dit pas ſans raiſon, qu'ils
ſont trop bons pour le monde.
Duquel auſſi ils ſe retirent tant
qu'ils peuuent, fuiant le bruit
des affaires : & n'ayment rien
tant que le ſilence. Bref ils ſe
tiennent auſſi loing des occaſions de mal faire, qu'ils en ont
les volontez eſloignées.

Les plus excellens hommes
du temps paſſé, apres s'eſtre laſ-
ſez des affaires, ſe retranchoiét
dans la Philoſophie, & y vi-
uoient comme chez eux. N'y
a-t'il pas maintenant plus d'ac-
quez de s'employer à l'eſtude de la vraye ſageſſe, & plus

d'honneur de se retirer dans la
liberté des Deserts, & dans le
silence des lieux les plus escar-
tez: & là, s'adonner entierement à cette saincte Philoso-
phie, s'entretenir dans les pro-
menoirs de tant de campagnes,
qui valent mieux que ceux de
l'Academie. Où est-ce qu'vn
Chrestien peut passer plus sain-
tement & plus librement la
Pasque? auec plus de vertu,
& d'abstinence? qui est vne seconde Solitude de cœur. Moyse y passa de suite les quarante
iours de ieusnes. Elie fit le méme apres luy: & l'vn & l'autre
entreprit sur vn corps humain,
ce que personne n'auoit encore fait deuant eux. Le Sauueur
du

du monde n'en voulut pas faire dauantage, & tousiours dans
le Desert , hors duquel nous
ne lisons point qu'on aye gardé de semblables abstinences.
D'où , l'on peut raisonnable-
ment penser, que Dieu a com-
muniqué à ces lieux quelque
vertu secrete, pour soustenir &
fortifier nostre foiblesse.

Où peut - on auoir l'es-
prit plus à repos pour gouster
les douceurs de Dieu ? Est-il
au monde vn chemin plus
court pour arriuer à la perfection, que celuy-la ? Où trouuera - on vn plus beau champ
pour l'exercice des vertus ? En
quel lieu l'ame peut-elle découurir de plus loing ses enne-

mis? Par tout ailleurs le cœur
se des-vnit plus ayſément que
dans ces endroits ſolitaires, où
non ſeulement on trouue Dieu
ſans difficulté ; mais encore on
l'y conſerue ſans gardes.

Et encore que la plus part
des terres du Deſert ſoient le-
geres, ſi faut-il aduoüer qu'on
ne ſçauroit rencôtrer vn meilleur ſol que cetui-cy, pour y
ietter les fondemens de la maiſon Euangelique. Si quelqu'vn
ſe veut arreſter ſur ſes ſablons
pour y baſtir, il ne les trouuera pas mouuans : Il n'y a point
de roc, qui les vaille. Ce qui y
ſera edifié demeurera ineſbraſ-
lable en deſpit des vents, & des
pluyes, & des torrents qui le

choqueront. Voyla l'edifice
que baſtiſſent dans leur cœur
ceux qui viuent au Deſert, &
qui du profond de leurs valons
s'éleuent par deſſus les nües, ar-
riuans aux grandeurs, par la
baſſeſſe. Et qui s'oublians de la
terre, & ſe repaiſſant de l'eſperance, & des deſirs qu'ils ont
du Ciel, ſe déchargent des richeſſes, pour embraſſer la pauureté: & faiſant tout ce qu'ils
peuuent pour n'auoir rien,
veulent neantmoins deuenir
riches. Bref ils trauaillent nuit
& iour pour attraper le cōmen-
cement de la vie, dont ils ne
trouueront iamais la fin. Ce
ſont ceux qui repoſent dans le
ſein de la Solitude, loüables

auaritieux de l'eternité, pro-
digues du temps, qui viuent
fans foucy du prefent, & ne
fongent qu'à l'auenir. Et en ce
faifant, encore que leur aage
foit tombée dans la derniere
periode des temps, ils s'affeu-
rent toutesfois la durée de tous
les fiecles.

Au refte ce Defert eft vn
pays de droit efcrit, mais fain-
tement, & deffus les cœurs. Il
s'y garde exactement, & les
plus petites ordonnáces de l'autre monde, y font inuiolables.
Les loix du Code, n'y fôt point
de peur aux crimes, les peines
portées par les ordonnances,
n'y puniffent point les mes-
faits. Il n'y a que les confcien-

ces qui sentent les punitions
de ce lieu. La raison qui y veille, retient tous les mouuemens
du cœur dans les bornes d'vne
iustice tres-estroite. Chacun
se iuge soy-méme, & se punit
sans pardon. Les premiers sou-
leuemens d'vne simple pensée
mal reglée, sont chastiez à la rigueur. Ailleurs, le mal est au
mal faire; & icy, à ne pas faire
assez de bien.

Ie suis extrémément marry
de ne pouuoir m'expliquer, autant que ie desirerois, à l'honneur des secrets de l'Ermitage.
Si ne puis-je m'empécher de
dire, qu'encore que le monde
ne puisse voir la profondeur de
ses vertus, il ne laisse pas de les

croire, & ce, de telle façon, que
perſonne n'en doute. Si bien
qu'encore que nos Ermites
cherchent des endroits incon-
nus pour ſe dérober, ils ne
ſçauroient neantmoins cacher
l'éclat de leur merite, dont la
gloire & la lumiere reialit dans
le monde, auſſi loing, qu'ils ſe
iettent auant dans les Deſerts.
Dieu le diſpoſant ainſi, comme ie croy, afin que celuy qui
s'eſt retiré du monde, y laiſſe
l'exemple de ſes vertus. Se ſont
des lampes qui eſclairent à
tous, du haut de la Solitude,
comme deſſus leur chandelier.
De là, les rayons s'en reſpan-
dent ſur tous les membres ob-
ſcurcis de l'vniuers. C'eſt la vil-

le qui ne peut estre cachée sur
la montagne du Desert, & qui
nous represente en terre la Hierusalem du Ciel, Et partant si
quelqu'vn est en tenebre, qu'il
s'approche de cette lumiere
pour estre esclairé. S'il est en
danger, qu'il se iette dans cette ville de protection, pour y
estre en seureté.

O Dieu que ces vieux bois
écartez rendent vne Solitude
agréable à ceux qui ont du
goust de Dieu, Que ces Deserts
que la nature a estendue au
long & au large, sont fauora-
bles à ceux qui cherchent IE-
SVS-CHRIST. Tout y est dans
vn profond silence, & l'ame se
picque de ce repos comme d'vn

efpron qui la réueille pour s'é-
leuer en Dieu. Et pour lors elle
s'entretient auec des rauiffe-
mens que les paroles ne fçau-
roient reprefenter. Vous n'en-
tendriez pas le moindre bruit:
pas vn petit fon de voix, fi ce
n'eft quelque foufpir qui s'en-
uole vers le Ciel: ou vn mouuement de ceux qui viuent
dans cette paix, & qui font vn
bruit plus aymable que le repos qu'ils interrompent : vn
fainct & agreable murmure
d'vne compagnie retenuë : &
ce, quand le cœur de ces Sera-
phins échauffez pouffe vn Can-
tique dans le Ciel, où ils font
entrer leur voix, auffi bien que
les eflans de leurs penfées.

Cependant le Diable rode,
& fait le mauuais pour neant,
c'eſt vn loup qui hurle apres
des brebis enfermées. Les Anges viennent de leur coſté a-
uec alaigreſſe, pour voir les
beautez du Deſert, & mon-
tans & décendans par cette
eſchelle de Iacob, y laiſſent de
nouuelles clairtez par leurs viſites ſecretes, mais neantmoins
ordinaires. Et de peur d'obliger à veiller ceux qui ſont en
garde pour la defenſe de la ville, IESVS CHRIST s'en rend
protecteur, rompant l'effort
des ennemis auec vn Deſert
qu'il eſtend en forme de cour-
tine au tour de ſes enfans ad-
optifs, où ils demeurent d'au-

taht plus asseurez, que plus ils
sont exposez dans la campagne. C'est où l'époux prend son
repos sur le Midy, & où, ceux
qu'il a blessez de son amour s'é-
crient le considerant. *Nous*

auons trouué celuy que nostre
ame desire, il est à nous, & ne
nous peut eschapper.

Que l'on ne se persuade point
que cette terre soit infertile, &
que les cailloux d'vn Desert sec
& bruslant, ne puissent porter
aucun fruit. Non, non, les se-
mences y profitét à veuë d'œil,
& nos Ermites y recüeillent le
centuple. On n'a que faire de
craindre que le grain y tombe
sur les grands chemins, pour
seruir de pasture aux oyseaux;

ou ſur vne ſurface de terre ſans
fonds, qui ne pouuant nourir
les ſemences qu'elle fait ger-
mer, les laiſſe ſeicher incontri-
nent. Auſſi ne ſe perd-il pas ayſément dás les brouſſailles, qui le
ſuffoquent. En vn mot, qui cul-
tiuera ſoigneuſement ce chãp,
en retirera de riches moiſſons.
Dans ce grauier croiſt vn fro-
ment qui engraiſſe les os. Là,
ſe trouue le pain de vie deſcen-
du du Ciel. Et de ces rochers
eſpouuantables rejaliſſent les
ſources d'eau viue, qui, outre
qu'elles deſalterent, ſeruent
encore à nous ſauuer. C'eſt icy
que l'homme interieur a de
quoy ſe traicter auec delices.
Que s'il y a quelque choſe de

rude, & de ſauuage, il faut con-
feſſer que dans ce ruſtique , il
s'y rencontre des agréemens
qui ne ſe trouuent point ailleurs. Et n'y a terre au monde
pour fertile qu'elle ſoit , qu'on
doiue comparer à cellecy. Il en
eſt de tres-riches en grains: celle - cy porte du bled de pure
fleur , qui raſſaſie les affamez.
Vn autre ſe vante de ſon vin:
il s'en cueille icy de tres-bon.
Vn autre a les paſturages excellens: & les brebis en trouuent icy d'infiniment ſalutai-
res. Ie dis celles, dont il fut dit
En S. Iean au grand berger, *Pais mes bre-*
cb.21. *bis.* Ailleurs on trouue des terres toutes peintes de fleurs , &
icy s'épanoüit la fleur du chãp,

& le lis des valées. En fin quelques - vnes font recomman-
dables pour leurs metaux , &
n'ont couleur que de l'or qui
les enrichit : Mais celle-cy n'eſt
qu'vn brillant de diuers feux,
que la nature a alumez dans
ſes pierres. De ſorte que ſurpaſ-
ſant toutes les autres en chaque
choſe, elle vaut mieux que toutes enſemble, en toutes ſortes
de biens.

C'eſt donc à bon droit, chere & venerable terre , que les
Saints t'ont choiſie pour eux,
& qu'ils te deſirent tous : tant
ceux qui depuis long-temps ſe
ſont retirez chez toy, que ceux
qui s'en tiennent le plus prés
qu'ils peuuent. Puis que tu

leur donne des biens, qui en
produisent de toutes sortes.
Tu demande vn laboureur qui
aye soing de soy-mesme, non
de toy. Tu luy donne liberalement les vertus, & n'es
sterile que de vices. Quiconque de ces bien-heureux, s'est
pleu dans tes Solitudes, y a tou-
jours trouué Dieu. Quiconque les a cultiuées, y a rencontré Iesvs Christ: Et personne ne s'y est habitué, qui n'aye
ëu l'honneur de loger auec le
Seigneur du lieu, que tu possede, & qui te possede. Bien-
heureux qui n'a point d'apre-
hension de ta demeure; il deuiendra bien tost luy mesme
vn temple de Dieu viuant.

Ie ne puis diffimuler que ie
ne doiue beaucoup à tous les
coings du Defert, que les Saints
ont confacrez par leur demeure. Mais fi faut-il que ie con-
feffe, que i'ayme & honore
ma LE R I N S d'vne inclination
particuliere. C'eft-elle qui m'a
tendu les bras, & m'a receu
dans fon charitable fein tout
trempé, & encore degoutant
du naufrage que ie venois de
faire au monde. C'eft-elle qui
prefte l'ombre & le couuert de
fes verdures, à ceux qui fuient
les cuifantes ardeurs du fiecle,
pour leur faire prendre vn peu
d'haleine & de frais, fous les
aifles du grand Dieu qui les defend, & les couure. LERINS aro-

fée de mille ruiffeaux qui te cō-
feruent vne verdure eternelle,
émaillée de toutes les fleurs du
Printemps, & qui nous donne
vn Paradis en ce monde, auec
promeffe d'vn meilleur apres
cette vie. O terre qui as merité de receuoir le premier eftabliffement de tes faintes infti-
tutions de la main de l'admirable Honorat! que tu és iuftement glorieufe d'auoir vn fi
grand Pere, auteur d'vne fi excellente regle : qui a vefcu auec
vn efprit & vne ferueur Apoftolique, & dont le feu paroif-
fant fur le vifage, le rendoit
digne d'honneur. Bien-heureufe de l'auoir receu, & plus
heureufe de l'auoir rendu fi
eminent

eminent. Bien-heureuse, de
nourrir de si parfaits Religieux,
& de donner à l'Eglise des
Pasteurs, que les peuples desirent à l'enuy les vns des autres : encore as tu à present
son successeur Maxime, dont
la reputation s'est accruë, de
ce qu'il a merité d'entrer dans
la charge d'vn si rare personnage. Loup, d'heureuse memoire y a vescu, lequel a
parfaitement ressemblé au
Loup de la Tribu de Beniamin.
Et son bon cousin Vincent,
dont le cœur est plus net que
les diamants. Elle se peut encore renommer du Venerable
Caprais qu'elle possede, que
l'on peut comparer aux pre-

miers de l'antiquité. Bref c'est
là que se trouuent encore ces
vieillards, qui viuans separez
dans leurs cellules, ont fait
voir à la France tout ce que
l'Egypte a iamais eu de Religieux, & de parfait.

Mais qui ay-ie veu moy-mefme! ô bon IESVS? ô quelle troupe & quelle assemblée de saints!
Ie me representois autant de
boüettes de senteurs, qui laif-
foient par tout où ils passoient
l'odeur d'vne vertu rauissante:
leur modestie faisoit reluire sur
leur frõt, l'estat de leur interieur.
Ils estoient tous vnis estroite-
ment d'vn lien d'amour : l'humilité les abbaissoit à toute sorte de deference, la pieté leur

donnoit de la tendreſſe, & l'eſperance vne fermeté de rocher:
leur marcher eſtoit graue, ſi
l'obeyſſance ne les preſſoit; qui
feule leur faiſoit prendre des
aiſles : leur rencontre eſtoit
ſans amuſement de diſcours : le
viſage touſiours content : en
vn mot, à les veoir, on ne
les prend que pour des Anges.
Ils ne ſe piquent de rien, &
n'ont de la paſſion, que pour
celuy pour qui iamais ils n'en
peuuent aſſez auoir. Ainſi cher-
chant la vie bien-heureuſe, ils
en ioüyſſent dés ce monde, &
la pourſuiuant ils l'attrapent.
Deſirans ſe veoir ſeparez de
la troupe des meſchans, ils
s'en trouuent tres-eſloignez.

Ils veulent viure en pureté, &
ils en font en poffeffion. Ils ne
refpirent que la ioye des bien-
heureux, & dés à prefent ils
la gouftent. Leur cœur vole
toufiours à Dieu, & ils font
d'efprit auec luy. Ils ne penfent
qu'à mener vne vie retirée, &
cette penfée leur en donne l'effect, tellement que par les mi-
fericordes furabondantes de
I E S V S, ils reffentent en ce
monde, ce qu'ils n'attendent
qu'en l'autre : & dans l'effect du
prefent, ils penfent n'eftre qu'à
l'efperance : en fin ils trouuent
tant de fatisfaction dans leur
trauail, que cette peine leur
peut tenir lieu de recompenfe.

Mon cher Hilaire, que

vous leur auez apporté de bien
vous reüniſſant à leur ſaincte
troupe, & que vous vous en
eſtes acquis? La reſioüyſſance
de ce retour dure encore. Or ie
vous coniure, & eux auſſi, de
vous ſouuenir en vos prieres
du pauure pecheur Eucher.
Ie vous en ſupplie auec eux:
eux, dis-ie, qui n'ont pas
moins receu de contentement
de vous receuoir : que vous,
de rentrer dans leur ſaincte
Compagnie. C'eſt à ce coup que
vous eſtes vn vray Iſrael, & que
vous voyez Dieu auec les yeux
du cœur & de la penſée, apres
eſtre eſchappé des tenebres de
l'Egypte, apres auoir paſſé par

Dd iij

les eaux, qui vous ont esté salutaires, & mortelles à vos ennemis: apres auoir suiuy ce feu
qui vous a conduit dans le desert, où vous adouciffez maintenant auec le sacré bois de la
Croix, ce qui vous a semblé
autresfois de mauuais gouft.
Vous tirez du cofté de IE-
svs-CHRIST les eaux qui
montent iufques dans le Paradis, d'où vous receuez le pain
qui nourrit voftre ame. Vous
entendez dans l'Euangile Dieu
qui parle d'vne parole fou-
droyante. Et puis que vous
viuez dans le defert auec le
peuple d'Ifrael, affeurez-vous
d'entrer auec fon Capitaine

Iesvs, dans la terre qui luy
est promise.

Adieu en nostre Seigneur &
Maistre Iesvs.

FIN.

LES SAINCTS ET

excellens Esprits de l'antiquité, dont voicy les meilleures letres touchant la Vanité du Monde, sont

PRIVILEGE DV ROY.

OVIS par la grace de Dieu Roy de France & de Nauarre, à nos amez & feaux Conseillers les gens tenans nos Cours de Parlemens, Baillifs, Seneschaux, Preuosts, leurs Lieutenans, & tous autres nos Officiers & Iusticiers, & à chacun d'eux ainsi qu'il appartiendra, Salut : Nostre bien amé SEBASTIEN CRAMOISY, Marchand Libraire Iuré en l'Vniuersité de Paris, nous a fait dire & remonstrer, qu'il a recouuert vn liure intitulé *Recueil des lettres des meilleurs esprits de l'antiquité, touchant le mespris du monde,* lequel il desireroit faire imprimer & mettre en lumiere, s'il auoit nos lettres sur ce necessaires. A ces causes desirant fauorablement traitter ledit exposant, luy auons permis & octroyé, permettons & octroyons par ces presentes faire imprimer ledit liure, & iceluy mettre & exposer en vente durant six ans, à commencer du iour qu'il sera acheué d'imprimer ; pendant lequel temps nous auons defendu & defendons à tous Li-

braires, Imprimeurs, ou autres de quelque qualité & condition qu'ils soient,
d'imprimer ledit liure, ny le mettre en
vente sous couleur de quelque marque
& déguisement que se soit, sans le con-
sentement dudit Cramoisy, à peine de
côfiscation de tout ce qui s'en trouuera
d'imprimé, de cinq cens liures d'amëde,
& de tous despens dômages & interests;
à la charge d'en mettre deux exêplaires
en nostre Bibliotheque publique auant
que les exposer en vente, suiuant nostre
reglement, à peine d'estre descheu du
present priuilege. Si vous mandons, que
du côtenu en ces presentes, vous faciez,
souffriez & laissiez iouir & vser ledit ex-
posant plainement & paisiblement; & à
ce, faire souffrir & obeir tous ceux qu'il
appartiendra. En mettât au commencement ou à la fin dudit liure, ces presentes, ou vn extrait d'icelles, voulôs qu'elles soient tenuës pour signifiées, & qu'à
la collation foy soit adioustée côme au
present original. Car tel est nostre plaisir. Donné au Camp deuant la Rochelle
le 20. iour de Nouembre, l'an de grace
1627. Et de nostre regne le 18. Signé,
  Par le Roy en son Conseil. SENAVLT.
  Acheué d'imprimer le 8. Aoust 1628.

www.ingramcontent.com/pod-product-compliance
Lightning Source LLC
Chambersburg PA
CBHW052349020726
47503CB00001B/178